보통으로 사는 건 보통 일이 아니야

보통으로 사는 건 보통 일이 아니야

1판 1쇄 발행 2019년 5월 3일

글 · 그림 자림
펴 낸 이 신혜경
펴 낸 곳 마음의숲

대 표 권대웅
주 간 이효선
책임편집 송희영
편 집 전태영
디 자 인 임정현 박기연
마 케 팅 노근수 허경아

출판등록 2006년 8월 1일(제2006-000159호)
주 소 서울시 마포구 동교로 144-13(서교동 463-32, 2층)
전 화 (02) 322-3164~5 팩스 (02) 322-3166
이 메 일 maumsup@naver.com
인스타그램 @maumsup
용지 신승지류유통(주) 인쇄 스크린그래픽 제본 (주)상지사P&B

ISBN 979-11-6285-028-2 (03810)

*값은 뒤표지에 있습니다.

*잘못 만들어진 책은 구입하신 곳에서 교환해드립니다.

*이 도서의 국립중앙도서관 출판예정도서목록(CIP)은 e-CIP홈페이지(http://www.nl.go.kr/ecip)와
국가자료공동목록시스템(http://www.nl.go.kr/kolisnet)에서 이용하실 수 있습니다.
(CIP제어번호: CIP2019015012)

보통으로
사는 건
보통 일이 아니야

글·그림 자림

마음의숲

빛나는 보통을 살고 있는 너에게

프롤로그

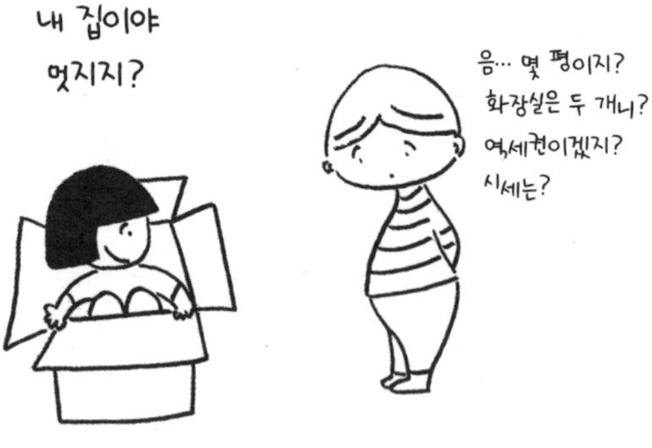
내 집이야
멋지지?
음… 몇 평이지?
화장실은 두 개니?
역세권이겠지?
시세는?

#

어른들에게 이렇게 말해보라.
"창가에 제라늄 화분이 있고
지붕에 비둘기가 사는 빨간 벽돌집을 보았어요"라고.
그러면 어른들은 그 집을 도저히 상상할 수가 없다.
어른들한테는 이렇게 말해야 한다.
"십만 프랑짜리 집을 보았어요"라고.
그러면 감탄할 것이다.
"아, 참 예쁜 집이로구나" 하고.

-《어린왕자》 중에서

불행이

내 인생에

헤드록을 걸고

암바를 걸어온다

헤드록 반 암바 반

반반 기술

#

사막 같은 시간을 살아간다.

노동의 시간은 너무 길고
온종일 나를 가격하는 거친 말들에 시달리고
잠은 늘 부족하다.
비참이 내 하루에 헤드록을 걸고,
모멸감이 암바를 걸어온다.

불행을 습관처럼 살아가는 어른의 시간에
어린왕자가 찾아왔다.

질문 많고 딴짓 잘하고 잘 흘리고 잘 넘어지고
실수 연속의 나날을 살아가는 어린왕자가
나의 생에 걸어 들어왔다.

지구는
좀 이상한 별이지만
사이좋게
지내봅시다

토실토실
대단해
멋지다
최고야

#

어른의 시간을 살다 보면 누구나 한 번쯤 만나게 될지 모른다.
어른의 시간을 살아오면서 잃어버린 것들,
흘리고 온 것들을 하나씩 기억나게 해주는 내 안의 아이를.
나의 부족함만을 들추어내는 세상의 말들 대신
보통의 나에게 잘했어, 멋지다, 대단해라고 말해주는
나의 어린왕자를.

목차

프롤로그 6

하나。산다는 건 좀 뻔뻔해진다는 것

산다는 건 누구에게나 쉽지 않은 것 20
산다는 건 때로 사막에 불시착한 채 살아간다는 것 23
좋아하는 게 있다는 건 살아지게 하는 게 있다는 것 26
산다는 건 때때로 마음의 멱살을 잡고 끌고 가는 것 28
산다는 건 그럼에도 나를 살게 하는 것들이 있다는 것 30
산다는 건 물음표의 연속인 것 33
산다는 건 눈치와 긴장의 연속 36
산다는 건 나의 돌멩이를 지켜내는 것 38
산다는 건 때때로 눈물로 세수한다는 것 42
산다는 건 숨바꼭질 같은 것 46
산다는 건 서툴러도 몸으로 하나씩 배워가야 알아지는 것 50
산다는 건 뻔한 거짓말에 속아주며 살아가는 것 54
산다는 건 나도 모르게 살아온 티를 어딘가 묻히며 살아가는 것 56
산다는 건 사이다가 필요한 순간들이 점점 많아진다는 것 60
살아간다는 건 상처가 생긴다는 것 62
산다는 건 뒤집어진 우산 같은 것 65

둘。 가지가지한 행복

행복은 소리내어 책을 읽어주는 것 68
행복은 때때로 혼자가 되는 것 72
행복은 내 행복을 위해 타인의 행복의 영토를 침범하지 않는 것 74
속 깊은 배려란 나의 호의보다 타인의 마음을 먼저 헤아려주는 것 76
행복은 스스로의 힘으로 바지를 입어보는 것 78
행복은 몸이 기억하는 것 82
행복은 상상력 한 숟갈이 더해져야 제맛을 내는 것 86
행복이란 먼저 '안녕'이라고 말할 줄 아는 것 92
행복은 좋아하는 사람과 개미굴을 '같이' 찾아보는 것 96
행복은 내 삶에 소중한 짐이 생긴다는 것 98
행복은 누가 뭐라든 자기 예쁜 맛에 사는 것 102
행복은 조금쯤 흐트러지는 것을 즐길 줄 아는 것 104

셋。 마음의 집

두렵다는 건 내게 다가오는 것들을 알 수 없다는 것 114
변하다는 건 익숙한 '안도'로부터 걸어 나와야 한다는 것 116
타이밍이란 파스타면을 딱 맞게 익히는 것 119
후회란 때를 놓친다는 것 122
배신감이란 생각지도 못한 사람에게 생각지도 못한 때에 뒤통수를 얻어맞는 것 124
눈치란 상대의 마음을 읽어내는 것 126
마음은 몸과 함께 가는 것 128
위로는 '그렇구나, 당신 많이 힘들구나'라고 말해주는 것 130
질투는 자기 눈을 찌르는 일 134
혼란이란 감정의 색깔을 정확히 알 수 없다는 것 138
쓸쓸하다는 건 나를 빼고도 세상은 돌아간다는 것 140
슬플 땐 빨래바구니 속에서 세탁기 돌아가는 것을 바라보는 것 142
화는 때때로 약자를 향하는 것 145

사과는 '건네는' 것 150
지친다는 건 달려도 달려도 보통의 삶이 되기 힘들다는 것 154
성장한다는 건 두렵고 조금 아픈 것 158

넷。 흠뻑 나의 삶을 산다는 건

나로 산다는 건 제비꽃은 제비꽃답게 감자꽃은 감자꽃답게 피도록 응원하는 것 164
나를 존중한다는 건 비록 결과가 이것뿐일지라도 나의 최선을 봐주는 것 166
너덜너덜해진 행주 같은 일상에도 빛나는 구석이 있다는 것 168
나와 잘 지낸다는 건 '어제의 나'와 '오늘의 나'가 사이좋게 지내는 것 170
내 삶을 산다는 건 고작 네 개의 가시뿐일지라도 고작 그것으로 자기를 지켜내는 것 173
자기 멋에 산다는 건 조금 뻔뻔해지고 조금 당당해지는 것 176
나의 삶을 산다는 건 너무 애쓰지 않아도 된다는 것 178
내 삶을 사랑한다는 건 탓하지 않는 것 184
나를 돌본다는 건 선 긋기를 다시 시작해보는 것 187
마음의 목소리를 듣는다는 건 말과 말 사이에 귀를 기울인다는 것 190

다섯。 사랑은 이름을 소중히 불러주는 것

사랑은 자기를 잃어버리지 않는 것 196
사랑한다는 건 그냥 보통의 네가 좋다는 것 200
사랑은 사랑이라는 이름으로 누군가의 희생을 강요하지 않는 것 202
사랑은 내가 길들인 것에 대해 책임감을 갖는 것 204
사랑은 이름을 알아가는 것, 이름을 소중히 불러주는 것 206
사랑한다는 건 서로를 향한 다정한 마음이 꺼지지 않게 돌봐주는 것 210
사랑한다는 건 더 자세히 들어주는 것 214
사랑은 때때로 우연과 우연이 만들어내는 것 216
사랑은 누군가 내 말을 가볍지 않게 들어주는 것 218
사랑은 당신이 자랑스럽다고 말해주는 것 221

사랑은 아름다움을 발견해주는 것 224
사랑은 따뜻하게 눈 맞추는 것 227
소중한 것은 마음으로만 볼 수 있는 것 230
사랑은 너와 함께여서 모든 것이 좋은 것 235
사랑한다는 건 그 사람에게만은 최고가 되고 싶어지는 것 236

여섯。 나의 보통

충만하다는 건 이보다 좋은 순간은 없는 마음 240
좋아하는 삶을 산다는 건 때때로 욱신욱신한 것 244
행복은 몰입할 때 피어나는 것 246
기쁘다는 건 나의 보통의 날들을 즐기면서 오래가는 것 248
산다는 건 고백할 수 있고, 고배도 마실 수 있다는 것 251
삶의 재미는 반전을 즐긴다는 것 254
작고 확실한 행복의 기술은 일상의 순간들을 채집하는 것 256
오늘은 때때로 기다려주지 않고 녹아내리는 아이스크림 같은 것 260
빛나는 보통이란 숫자 속에 있지 않은 것들 262
안녕하다는 건 홀가분한 잠을 자는 것 266

에필로그 268

하나。

산다는 건
좀 뻔뻔해진다는 것

마음의 멱살을 잡고 끌고 갈 때가 있다.
억지로 살아가야 하는 날들이 조금씩 많아지는 게
어른이 되는 걸까?

"내가 이럴 줄 몰랐어"라고
삶을 원망해봤자
나는 살아가야 하고,
원망은 거치적거릴 뿐이다.

그래도 나를 살아지게 하는 것들,
나를 살게 하는 것들이 있겠지?
그러니까 여태 살아가고
살아지고 있겠지.

#

산다는 건
누구에게나 쉽지 않은 것

"산다는 건
항상 이렇게 힘든 건가요?
아니면 어릴 때만 그런가요?"

"항상 그렇지."

– 영화 〈레옹〉 중에서

#

산다는 건
때로 사막에 불시착한 채 살아간다는 것

《어린왕자》를 쓴 생텍쥐페리는
작가이자 비행기 조종사였다.
다양한 작품에 구체적인 비행 경험을
생생하게 담을 수 있던 것도 그 덕분이다.
어느 날 그는 사막 한복판에 불시착한다.
온통 뾰족하고 온통 거칠고 온통 메마른 곳.

때때로 나는 불시착한 비행기 조종사처럼
사막을 벗어날 날만을 기다리고 있다.
마른 모래바람만 부는 사막 한가운데서
고쳐지지 않는 비행기를 붙잡고 씨름하면서.
사막의 시간이 길어질수록 어떻게든 견디기 위해
선인장처럼 날카롭게 가시를 세우고,
사막여우처럼 큰 귀를 쫑긋 세우며 긴장과 경계를 늦추지 않는다.
우리는 모두 이 세계에 불시착한 사람들이 아닐까.

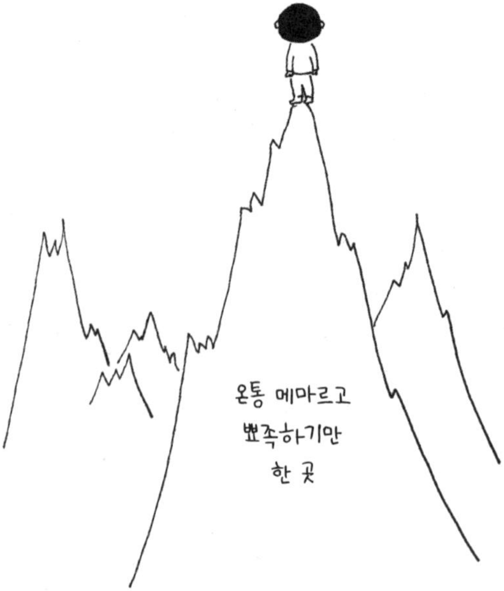
온통 메마르고
뾰족하기만
한 곳

사막의 시간을 걸어간다

#
좋아하는 게 있다는 건 살아지게 하는 게 있다는 것

생텍쥐페리는 불시착한 사막에서
긴 시간을 견디며
사막의 고독과 사귀어간다.
그리고 그곳에서 사막여우 한 마리를 키우게 된다.

그는 동생에게 쓴 편지에
자신이 키우는 사막여우에 대해 말한다.
"귀여운 사막여우 한 마리를 키우고 있어.
고양이보다도 작은 이놈은 아주 큰 귀가 달려 있단다.
얼마나 예쁜지 몰라."

그는 사막여우를 길들이며
사막의 시간을 견딜 수 있었다.

막막한 세상에서
하나쯤 내가 좋아하는 게 있으면
그것이 무엇이든
내 마음이 그것으로 인해 말랑해지고 편안해지고,
배시시 웃게 되고 힘을 얻게 된다.
좋아하는 그 무엇이 있으면.

사람이든 식물이든, 반려동물이든, 물건이든,
어떤 일이나 어떤 장소 어떤 시간이든.
좋아하는 게 있으면,
그것 때문에 살 만하고 또 살아진다.

컥 :
나는 네가 정말 좋아

\#

산다는 건 때때로
마음의 멱살을 잡고 끌고 가는 것

마음의 멱살을 잡아끌고
전철에 태우고, 회사로 붙들고 온다.
마음이 나대지 않게 꽉 부여잡으며.

모두 비슷하게 억울하고 모두 비슷하게 지루하고
모두 비슷하게 조금 짜증난 얼굴로
흔들리며 흔들리며 출근한다.

어느 봄날 동물원에서 본 고릴라가 생각났다.
모든 것이 귀찮은 듯 고릴라는 커다란 나무에 걸터앉아
지루하고 지겨운 표정을 짓고 있었다.
아이들이 유리창을 두드리고 소리를 지르자
고릴라는 화가 난 듯
사람들이 있는 쪽을 향해 흙덩이를 던졌고,
사람들은 그게 재밌다고 깔깔 웃었다.

분노조차 무시당한 고릴라는
체념한 듯 등을 돌리고 고개를 숙였다.

모두가 지겨운 표정으로 서 있는 출근길 전철.
흙덩이를 던질 힘조차 없이 고개를 숙인 고릴라처럼
지쳐 보이는 건 그저 잠이 부족한 탓일 거다.

하. 출근하기 싫다

갈 거면
그냥 곱게 가자
징징대지 말고
어?
아. 네.

스스로 마음의 멱살을 붙잡고
억지로 억지로 끌고 간다

#

산다는 건
그럼에도
나를 살게 하는 것들이 있다는 것

내가 살아가는 속도보다 더 격렬하게
많은 것이 변하고, 사라지고, 떠나간다.
이 낯설고 두려운 세상에
나를 기다리는 무언가가 있다는 건
참 다행스러운 일.

돌아갈 곳이 있다는 것,
돌아가면 나를 반기는 무언가가 있다는 건
참 고마운 일.

세상에서 얻은 전리품 하나 없이
어깨 축 꺼진 채 돌아온 나를 향해서도
와다다 달려와 두 팔 벌려 반겨주는 것이 있다는 건
참 따뜻한 일.

띠 띠 띠 띠
우 다 다 다 다 다
아빠
아빠
아빠
와락

어서 와 어서 와
어서 나랑
놀아야지
잠, 잠깐만
신발 좀 벗고

\#

산다는 건
물음표의 연속인 것

조각가 알렉산더 칼더에게는 질문이 있었다.
'조각은 왜 무거운 덩어리여야 하지?
가뿐하게 움직이면 안 될까?'
그는 커다랗고 무거운 조각 대신
가뿐하고 간결하며 움직이는 조각을 생각했고
그의 질문은 그를 조금씩 전진시켰다.
칼더가 조각의 재료로 선택한 것은
당시 전통적으로 쓰던 조각 재료가 아닌 철사.
그리고 그의 조각에 '모빌'이라는 이름을 붙여준 사람은
변기를 당당히 미술작품으로 내놓았던
마르셀 뒤샹이었다.
칼더의 조각은 공중에 매달려 바람에 흔들리고
빛을 받는 방향에 따라 다르게 보였다.
그가 고민하고 질문했던 물음표는
가뿐하게 움직이는 아름다운 조각으로 다시 태어났다.

질문하지 않는 삶은 답을 만날 수 없고

질문하지 않는 한 길을 찾아갈 수 없다.

당장 답은 알 수 없지만 질문하기를 포기하지 않는다면
언젠가 내 마음이 그토록 궁금해했던 것들을
만나게 되지 않을까.

발톱은 왜 깎아요?
발톱은 왜 자라요?

코에서 어떻게 소리가 나?
자는 척 하자
무슨 꿈꿔? 꿈은 왜 꿔?
드르렁 드르렁

마음이 늙는다는 건
어느새 질문하기를 잃어버리고,
어느새 궁금한 것이 없어지기 시작했다는 것이다.

마음이 굳어버린다는 건
질문에게 눈치를 주고,
질문을 성가셔 한다는 것이다.

질문하는 것을 잊으면
삶은 무료하고, 권태롭고, 따분한 풍경이 된다.

질문의 왕
무엇을?
왜?
어떻게?
왜?
어디서?
왜?
언제?
질문하며 살지 않으면
엉뚱한 곳에 가 있기 마련이다

#

산다는 건 눈치와 긴장의 연속

아기 사자는 공을 가지고 논다. 맹렬히 논다.
그것은 순수한 놀이이면서 사냥 연습이다.

내 유년의 놀이들도
어른 세상에 필요한 것들의 연습이었을까.

꼭꼭 숨어라 머리카락 보인다.
꼭꼭 숨어 술래에게 잡히지 않아야 살아남는
숨바꼭질과 눈치와 긴장의 연속인
무궁화꽃이 피었습니다.
누군가의 손길이 있어야 겨우 얼음에서 풀려나는
얼음땡.

놀아도 놀아도 재밌던 유년시절의 놀이들은
무엇을 위한 연습이었을까.

무궁화꽃이 피었습니~
닷!
어디 보자
떨지들 마라
휙
숨도 안 쉬고 있어 독한 녀석들
닷!
무궁화꽃이 피었습니

눈치란 움직일 때와 멈출 때를 안다는 것

페트병과 휴지심, 신문지를 뭉친 공, 아이스 모래리카노
집안 구석구석 쌓이는 재활용 쓰레기와 작품 사이

#

산다는 건
나의 돌멩이를 지켜내는 것

어릴 적 내 보물상자 속에는
돌멩이, 단추, 유리구슬, 딱지, 플라스틱 조각과
비닐봉지 따위가 가득했다.

시시해 보이고, 잡다해 보이는 것들이지만
내가 좋아하는 것, 내게는 한없이 소중한 것들이
그 안에 다 들어 있었기에 그것은 내게 보물상자였다.
누군가 내 보물상자 속 물건들을 함부로 버렸을 때,
나는 단단히 화가 났다.

누가
내 소중한
보물 버렸어?
누구야?

소중하다는 건 지켜내야 한다는 것

"내 보물인데 버리면 어떡해!"
불끈 주먹을 쥐고 얼굴이 빨개지도록
화를 내며 소리를 질렀다.

어른이 된 나는
내 보물을 시시하다고 구겨버리는 사람들에게
아이 때처럼 당당히 화내고 분노해봤을까?
나는 나의 화와 분노가
너무 예민해 보이거나 까탈스러워 보일까 봐
무던하게 웃으며 괜찮은 척하며 살고 있진 않은가.

때론 쉽게 타인의 시선과 기준에 나를 맞추기도 하고
내 소중한 것들을 나조차도 시시하게 여기며 살고 있다.
내 보물상자 속의 보물 같은 건 하찮게 여기면서.

내게 소중한 것을 함부로 '아무것도 아닌 것'으로 만들 수 없게
지켜내던 단단한 마음은 어디로 갔을까?

정작 내가 슬퍼해야 하는 건 내 보물이 타인의 시선에
굴러다니는 돌멩이 같아 보이는 것이 아니라
그런 타인의 시선을 따라 나 역시 소중하다고 생각했던 것을
별 볼 일 없다고 여기는 마음이다.

내 친구들
함부로 버렸어?
쓰레기 좀
만들지 마!

쓰레기?
그게 아니고
아니
아니
그 말이
아니고

내 어여쁜 아이들한테
어떻게 그런 말을
뱉은 말
주워 먹는 중

\#

산다는 건
때때로 눈물로 세수한다는 것

누군가 내 뒤에서 자꾸 채근하고 질책한다.
"좀 제대로 못해?"라거나 "도대체 할 줄 아는 게 뭐냐?"며
마음의 비위를 건드리다 못해 폐부를 찌른다.
열심히 한다고 했는데, 애써 해놓은 일들이
"겨우 이 정도밖에 못 해"라는 소리로
바닥에 내동댕이쳐질 때
나의 '열심'과 나의 '열정'은 휴지조각처럼 구겨지고,
자존심은 으깨진다.

잘하려는 마음을 따라가지 못해 나 스스로도 조바심 나는데
거기에 다그치고 윽박지르는 소리를 더할 때
아이처럼 울고 싶어진다.
아이처럼 털퍼덕 바닥에 엉덩이를 깔고 앉아
다리 동동거리며 울고 싶어진다.
"나도 잘하고 싶다고! 나도 잘하려고 애쓴다고!"
꽥 소리치면서 끝내 붙들고 있던 울음을,
움켜쥐고 있던 울음을,
폭발시켜버리고 싶을 때가 있다.

유치원 갈 준비하라고 몇 번 말해!
공주님, 이제 파티에 갈 시간이에요
어우 또 파티야. 또 왕자님 나타나겠네
또 늦을 거야? 내가 꼭 소리쳐야 알아들어?
왜 소리치며 말해 가야지~ 하고 부드럽게 말해야지 (부드럽게 열 번쯤 말했음)
걱정말아요, 그대
앗, 너 세수 안 했지?
괜찮아 눈물로 다 세수했어

그러나 어른으로 산다는 건 그렇게 함부로 울어버릴 수 없는 일.
함부로 울 수 없는 어른이 되었지만
여전히 울고 싶어지는 날들은 많다.
울지 못하고 삼켜버린 울음은 다 어디로 갔을까.

삼켜버린 울음은 엉뚱한 장소와
엉뚱한 시간에 터져나오기도 한다.
별로 슬프지도 않은 드라마에 눈물이 쏟아지기도 하고,
건조하기 짝이 없는 뉴스 기사에 눈시울이 붉어지며,
밥을 먹다가 울음이 복받치기도 하며,
별말 아닌 것에 오열하기도 한다.
어떻게 울어야 하는지, 언제 울어야 하는지,
얼마나 울어야 하는지도 잊어버린 걸까.

아무렇지 않아 보이지만
지금 내 곁에 있는 사람들의 얼굴에도
서럽고 억울하고 울고 싶은 마음들이
갈피갈피 끼워져 있는지 모른다.

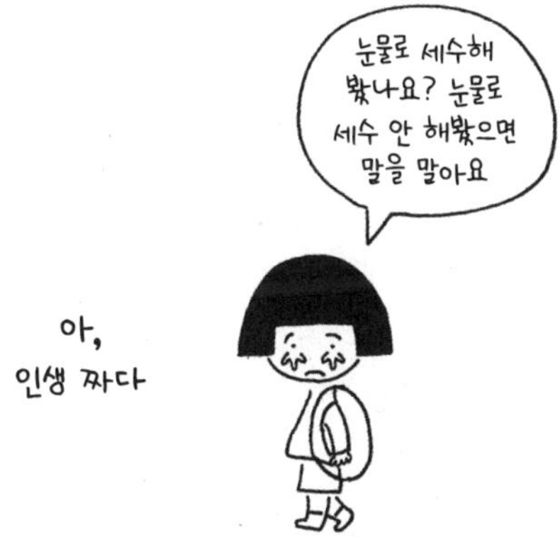
눈물로 세수해 봤나요? 눈물로 세수 안 해봤으면 말을 말아요
아, 인생 짜다

어른이 된다는 건 함부로 울어버릴 수 없는 일

#
산다는 건
숨바꼭질 같은 것

삶에서 소중한 것들은
어딘가 꽁꽁 숨어 있어서
찾아내주기를 기다리고 있다.

어
딨지
?
어디
있을까?
모르겠네
정말…
사운드로 강렬하게
존재 입증 중
ㅋㅋㅋ
ㅋㅋㅋㅋ
ㅋㅋㅋㅋ
ㅋㅋㅋㅋ

요기 있네!
어떻게
알았지
?

어디 숨었게?
눈치 장착 전

짠, 요깄지!
미워
눈치 개 없음
단번에 찾는 드럽게 눈치없던 시절

눈치 장착 후
정말 어디 있을까?
어딨지?
어디 있을까?
어디 있니?
아무도 보지 않지만
메소드 연기 중

눈치는 마음을 읽는 기술이다

#
산다는 건
서툴러도 몸으로 하나씩 배워가야
알아지는 것

익숙해질 수 있을지는 몰라도
삶에 능숙해질 수는 없을 거 같다.

능숙하다는 건 어디 하나 서툰 모양 없이
매끄럽게 잘해내는 것인데
아무래도
사는 건 그렇게 능숙해질 거 같지가 않다.

백 살이 되면 능숙한 백 살이 되려나?

내가
먹을게
내가
코로 먹을 것인가
입으로 먹을 것인가
그것이 문제로다
입으로 들어갈
확률 35%
먹어도 먹어도
배가 고픔

아이의 혼밥

서툴러도 하나씩 몸으로 배우며 자란다

아무리 대단한 경험자의 조언을 듣는다 해도
어쨌거나 내가 만지고 찌르고 주무르고
쪼개보아야 알 수 있는
하나뿐인 생이라서
하나씩 내 몸으로 배워가며
알아갈 뿐이다.

부딪치고, 넘어지고, 무릎 까이면서
어디서 힘주어야 하는지
어디서 힘 빼야 하는지
어디서 달려야 하는지
어디서 쉬어야 하는지
어디서 붙들어야 하는지
어디서 놓아야 하는지
하나씩 내 몸의 감각으로
내 마음의 감각으로 배워가야 할 뿐이다.

나 잘 타지?
아빠도 재밌지?

#

산다는 건
빤한 거짓말에 속아주며 살아가는 것

살면서 힘든 일이 있을 때마다 자주 듣는 말.
"괜찮아, 다 괜찮아질 거야" 하는 말은
어쩌면 주사 맞을 때마다 듣던
"괜찮아요, 하나도 안 아파요"라는 말처럼
빤한 거짓말일지도 모른다.
따끔이 아니라 악 소리 날 줄 알지만
빤한 거짓말에 그냥 속아 넘어가 주는 것이다.

아플 거 알지만 그냥 속아주는 것.
아픈 시간을 견뎌내는 것.
그렇게 빤한 거짓말에 속아 넘어가며
한 고비씩 견디고 버티며 살아간다.

"걱정마, 내일은 분명 좋은 날일 거야."

하나도
안 아파요

눈 깜짝하지 않는 거짓말

#

산다는 건
나도 모르게 살아온 티를
어딘가 묻히며 살아가는 것

오랜 시간 해온 일, 오랜 시간 써온 말들은 몸에 밴다.
오래된 말의 습관과 오래된 몸의 습관,
그리고 오래 묵은 감정들도 몸에 밴다.

자주 화를 내는 사람은 어느새 자신의 모든 감정을
화의 형태로 내는 것이 가장 쉽고 가장 자연스러워져서
늘 화를 내는 듯 보이고,
어떤 사람은 미간에 잡힌 짜증의 주름이 보여주듯
매사에 짜증 섞인 말투와 짜증 섞인 표정으로
주변을 짜증나게 한다.

어떤 사람은 말끝마다
지적과 비난이 종합세트로 따라다녀서
함께 일하는 사람을 몹시 지치게 하고,
어떤 사람은 항상 말끝마다 투덜거리고
어떤 사람은 말끝을 흐리며 웅얼거린다.

늘 을의 자리에서 자기를 '하대'하는 사람들의
말과 태도를 오랫동안 참아온 사람은
어느 순간 일상에서 일어나는
자신에 대한 무례함에도 무뎌지게 되고,
때로 스스로를 무례하게 대하기도 한다.

'티'가 난다.
자주 다니는 곳에 길이 생기는 것처럼 습관적인 감정,
습관적인 말투, 습관적인 행동의 흔적은
몸에 길을 내듯 새겨진다.
늘 움츠린 듯 구부정한 자세를 하고 있는 것도,
자신없이 말끝을 얼버무리는 것도,
자꾸 눈치를 보듯 눈동자를 불안하게 움직이는 것도,
머리카락을 쉴 새 없이 만지작거리는 것도 몸의 습관이다.
나도 모르게 만들어진 습관은 마음의 상태와 상관없이
몸에 새겨지고 표출된다.

오늘은 왜 이렇게 일찍 왔어?
사장님이 일찍 갔어?
너 보고 싶어 왔지
내가 사장이야
일찍 퇴근해 들어온 날

살아오는 시간 동안 서서히 스민 내 삶의 언어들이
몸에 기록되어 있다면
내 몸은 어떤 언어로 나에 대해 말하고 있을까?
나는 어떤 '티'를 묻히며 살아가고 있을까.

살아온 시간의 티가 난다는 것

이사? 부장?
대리?
티나?
많이 나?
사장
아니잖아
정
색
스캔 완료
온몸에 밴
일개 노동자의 스멜

#
산다는 건
사이다가 필요한 순간들이 점점 많아진다는 것

하 - 하고
후 - 한다.

세상의 모든 미생들은
가슴에 고구마 몇 개쯤 우걱우걱 욱여넣고 살아간다.

#
살아간다는 건
상처가 생긴다는 것

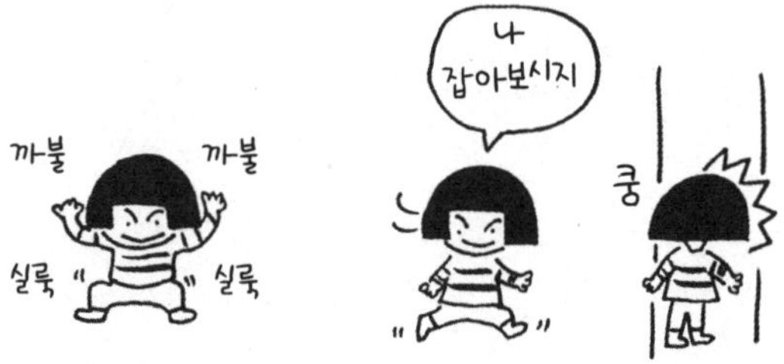
까불
까불
실룩
실룩
나
잡아보시지
쿵

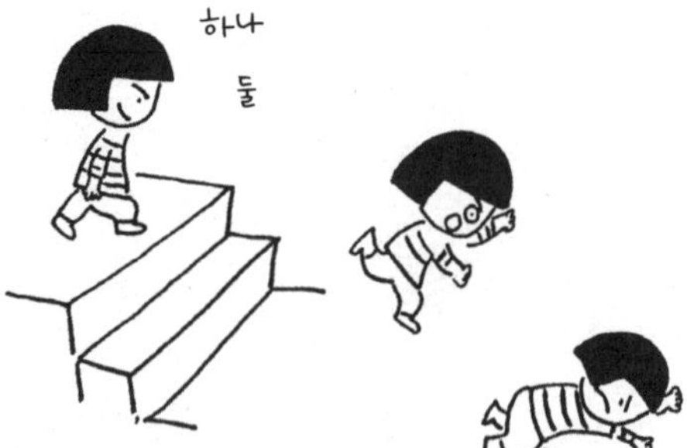
하나
둘

넘어지고 부딪히고 깨지고 뒹굴고

상처가 있다는 건
살아왔고, 살아가고 있다는 말이다.
상처가 있다는 건
사랑하고, 사랑했다는 말이다.

살아간다는 건
상처가 없을 수 없는 일이고,
사랑한다는 것 역시
상처가 없을 수 없는 일이다.

그러니 상처를 너무 숨길 것도 없고
상처받지 않으려고 너무 사릴 것도 없다.
살아가는 게, 사랑하는 게
상처 좀 받는 거라면.

하하
혼자서도 잘 다쳐요

"상처 없는 영혼이 어디 있으랴."
– 랭보

산다는 건
뒤집힌 우산 같은 것

#

산다는 건
뒤집어진 우산 같은 것

몰아치는 바람에
우산은 뒤집어지고
빗줄기를 고스란히 맞는다.

무용지물인 우산을 부여잡고
내리꽂는 비를 온몸으로 맞으며 걸어간다.

때때로 사는 건
속수무책의 빗속을 걷는 것.

둘。 가지가지한 행복

생긴 것도 가지가지
성격도 가지가지
사는 것도 가지가지다.

다행이다. 가지가지여서.
그럼, 행복도 가지가지겠지?

가지가지의 행복이건만
저마다 '이게 진짜 행복'이라 하고,
'저게 진짜 행복'이라 해서 헷갈렸다.

행복은 이토록 가지가지고
이토록 별것 아닌 것들 투성이니
내가 남들만큼 행복한지
남들처럼 행복한지 따위의 질문으로
스스로를 괴롭히지 않아도 되겠다.

\#

행복은
소리내어 책을 읽어주는 것

아주 오래전
〈책 읽어주는 여자〉라는 영화를 본 기억이 난다.
영화 속에서 여자는 타인의 집을 방문해 책을 읽어준다.
하반신 불구의 예민한 소년.
백내장 때문에 더 이상 책을 읽을 수 없는
헝가리 귀족 출신의 장군 부인,
바쁜 엄마를 둔 어린 여자아이,
회사 사장, 노법관 등 여러 사람이
그녀에게 책 읽어주기를 의뢰했다.

줄거리와 장면들은 머릿속에서 휘발했지만
영화 속에서 여자가 책을 읽어줄 때
그녀의 목소리를 타고
활자와 활자 사이를 여행하는 사람들의 얼굴은 또렷하다.
목소리를 타고 흘러나오는 활자를 따라
여행을 시작하는 사람들의 얼굴.

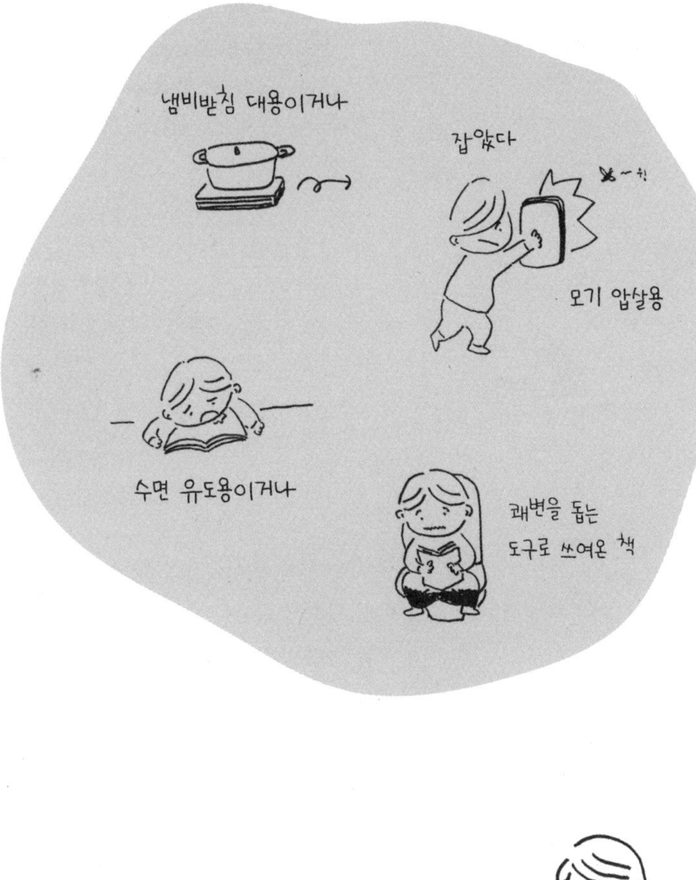
냄비받침 대용이거나
잡았다
모기 압살용
수면 유도용이거나
쾌변을 돕는
도구로 쓰여온 책

그런 책이 내게로 왔다

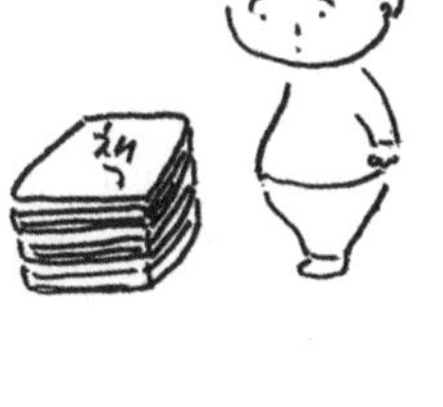
책

책들아, 그동안 무시해서 미안해
그동안 침흘려서 미안해
그동안 라면 냄비 올려둬서 미안해
미안해. 복수하지 말아줘
이것도
읽어줘
활
자
지
옥
끝날 것
같지 않아
희망이
보이지
않아

책 읽어주는 여자의 목소리는 외로운 시간을 사는
사람들에게 따뜻한 접촉의 시간이 된다.
여자의 목소리는 이불처럼 사람들의 마음을 덮어주고,
마법의 양탄자처럼 사람들을 태우고 어디든 날아간다.

때때로 혼자 소리 내어 책을 읽어본다.
소리 내어 책을 읽으면
마음의 번잡함, 생각의 소란함이 잠잠해진다.
납작하게 종이 위에 누워 있던 글자들은
스르륵 일어나 내 주위를 활보한다.
다독다독, 내 산란한 마음을
잠잠하게 하고 싶을 때면 하는 특효 처방이다.

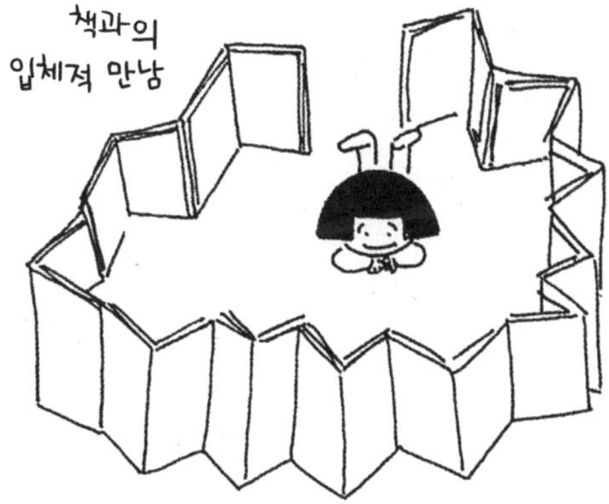
책과의
입체적 만남

책을 펼치면 열리는 또 다른 세상
책은 새로운 세상을 만들 수 있게 해주는 것

#

행복은
때때로 혼자가 되는 것

혼자의 시간과 혼자의 공간과 혼자의 풍경과
혼자의 고요를 즐긴다.

너무 미어터지는 시간, 너무 촘촘한 관계,
너무 바글대는 풍경 속에서는 놓칠 수 있는
고요하고 은밀한 행복을 맛보는 시간을 만들어낸다.

혼자 있는 것만으로도 달콤하고 고요해지는 마음의 풍경.
스스로를 위한 소란하지 않은 행복을 선물하는 시간.

혼자가 되는 시간

#

행복은
내 행복을 위해
타인의 행복의 영토를 침범하지 않는 것

나의 행복을 위해
타인의 행복해질 시간과 공간을
함부로 침범하는 것은

내 행복을 위해
누군가의 행복을 포기하게 하는 것은
조금 염치없고 조금 뻔뻔한 행복일 뿐이다.

나의 행복만큼
타인의 행복해질 권리도 존중할 때
비로소, 행복할 수 있다.
행복은 연결되어 있어서
나 혼자만 달랑 행복하기란 쉽지 않기 때문이다.
나 혼자만 염치없이 행복하기란 어려운 일이기 때문이다.

뭐 해?
똥 싸?
고구마똥?
바나나똥?
빨리 놀자
잠… 잠깐만!
그런
낱낱의
삶까지
공유하고
싶지는 않아

#

속 깊은 배려란

나의 호의보다 타인의 마음을 먼저 헤아려주는 것

"다 너 생각해서 한 건데."
"너 좋으라고 하는 거지."
"네가 좋아할 줄 알았어."

때때로 선의와 호의로 시작된 마음일지라도
무례해질 수 있다.

호의를 베푸는 내 모습에 만족해
상대의 마음을 읽는 것을 놓칠 수 있기 때문이다.

타인의 마음을 헤아리는 것보다
타인의 생각을 존중하는 것보다
나의 선의와 호의가 앞서가면 자칫 무례해질 수 있다.

그런 호의는
넣어둬
내가 크면
아빠 닦아줄게

#

행복은
스스로의 힘으로 바지를 입어보는 것

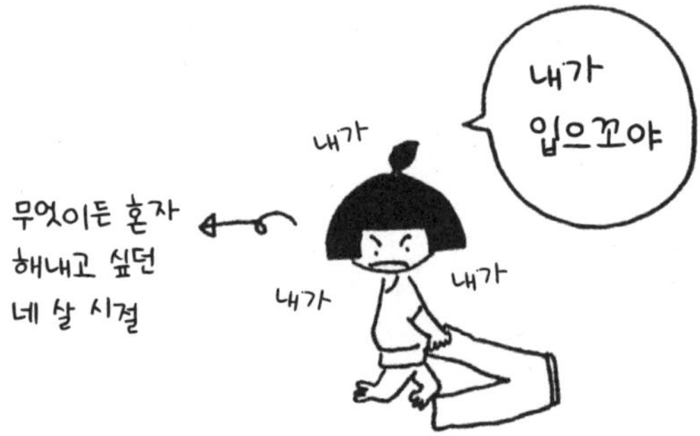
무엇이든 혼자
해내고 싶던
네 살 시절
내가
내가
내가
내가
입으꼬야

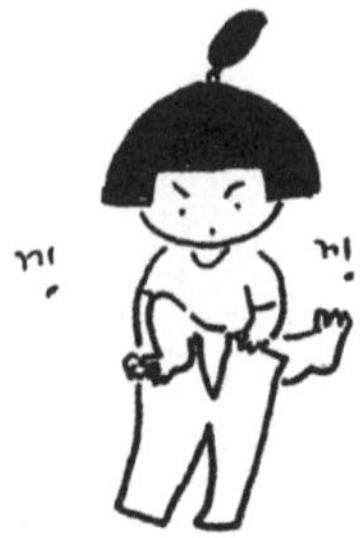
끼!
끼!

"내가 할 거야. 내가."
아이가 저 혼자 해보겠다고 밥을 먹고, 이를 닦고,
옷을 입고, 신발을 신는다.
흘리는 게 더 많은 밥과
바지 한 쪽에 밀어 넣은 두 다리,
왼발 오른발 바꿔 신은 신발,
어느 하나 제대로 된 것은 없지만
아이의 얼굴에는 뿌듯함이 한 아름이다.

허술한 작은 성취에
아이는 다음 성취를 이뤄낼
힘을 키우고, 자신감을 얻는다.

쉽지요 잉!
쑥!
끙
끙
짜
잔
나 잘하지?
의기 양양
자신 만만

어른이 된 이후에도 무언가를 배우고, 익혀나간다.
스스로 계획을 세워 외국어 공부를 하기도 하고
누가 시키지 않았지만 내가 정해놓은 계획에 따라
천천히 나를 키워나간다.
이직한 회사, 한없이 어색한 관계와 환경 속에서
조금씩 내 일을 익혀가고 익숙해질 때,
온몸의 긴장을 풀지 못한 채 지하철을 타고,
골목을 헤매면서 처음으로 혼자 여행을 떠났다 돌아왔을 때.

대단한 결과물이 있어서가 아니라
'스스로' 하는 것에서 자신감을 얻고, 기쁨을 느낀다.
매일매일 내 힘으로 작은 성취를 이뤄가는 것.
비록 제대로 된 것은 없지만,
그 작은 성취가 주는 반짝반짝한 즐거움을 맛보는 것.
그 즐거움이 쌓여서 더 단단하게 성장한다.

#
행복은 몸이 기억하는 것

피아노를 배운다.
머리로는 쇼팽의 즉흥환상곡을 연주하고 있지만,
손가락은 바이엘 하권을 치고 있다.
연습의 다음 구간으로 나아가기 위해서는
무한 반복만이 있을 뿐이다.
멋진 연주를 할 수 있을 때까지
피아노치기의 즐거움을 유보해야 하는 것이라면
절대 피아노를 배울 수는 없을 것이다.
다행히 이 수준 낮은 초급자의 피아노치기에도
그 단계만의 즐거움이 있다.
어제보다 오늘 조금 더 유려한 연주를 하고 있는 것.
연습하면 조금 더 실력이 확장되고,
조금 더 연주할 수 있는 곡들이 늘어나는 것.

수영을 배우고, 피아노를 배우고, 자전거 타기를 배우듯,
시간을 들이고, 마음을 들여 하나씩
자기 몸으로 기억하는 것들이 있다.
몸으로 기억하는 것들은 잘 잊히지 않는다.
다행히도 몸으로 익힌 것들은 시간을 들인 만큼,
연습한 만큼 정직하게 내 것이 되어준다.

부들
부들
놓치지 않을 거예요

바이킹
기술

몸으로 배워야만
알 수 있는 것들

내가 즐거워하는 순간을 몸이 기억하면,
몸은 억지로 끌고 가지 않아도
즐거웠던 기억을 향해 움직인다.

땀 흘리며 즐거웠다면, 몸은 땀 흘리고 싶어 한다.
땀 흘리게 운동해보지 않은 사람은
땀 흘리며 즐거워하는 것을 도대체 이해할 수 없다.
몸에 그런 기억이, 그런 행복했던 기억이 없기 때문이다.
땀 흘리며 행복했던 기억으로 가득한 몸은
억지로 떠밀지 않아도 기쁨을 만끽하고자 뛰고 달린다.

그렇게 나의 손가락에게 나의 발가락에게,
나의 팔다리, 심장과 위장에게
더 많은 행복한 기억을 저장시켜주고 싶다.
내 몸으로 행복할 수 있다면 굳이 멀리 가지 않아도,
여기가 아닌 저기로 가지 않아도
오늘이 아닌 내일, 아니 어느 먼 훗날이 아니어도
충분히 지금 여기서,
내 몸으로 행복한 시간을 만끽할 수 있다.

내 몸은 확실히 알아 내가 행복하다는 걸
몸은 거짓말을 잘 못하거든

#

행복은
상상력 한 숟갈이 더해져야 제맛을 내는 것

보이는 것만 보고 사느라
마음은 납작해졌다.

보여지는 대로만 생각하느라
생각은 쪼그라들었다.

상상하는 마음에게 엉뚱하다 핀잔 주고,
상상하는 생각에게 허튼짓한다 나무란다.

마음과 생각의 크기를 원상복구하기 위해,
필요한 것은 말랑거리고 어디로 튈지 모르는
'상상력'을 한 숟가락 첨가하는 것.

심드렁한 마음이
고리타분한 생각이
다시 제맛을 낼 수 있도록.

이제 혼자서도 잘해요
옷을 벗습니다
먼저 아래를 잡고
위로 쭈욱
깜깜해도
무섭지 않아요
짜잔 긴머리 공주 변신
파티에 가야 해요

왕자님,
마녀가
저를 찾고 있어요
도와주세요
옷 벗고
언능 씻으러
와라

당장 옷 벗고
목욕탕 들어와라!

엄마
마음대로
하고

내가 먼저
태어날 걸

상상이란 힘든 시간을 잘 견디게 해주는 거야
가끔 힘이 들 땐 신데렐라가 된 상상을 해
그러면 좀 견디기 쉬워

안 나오고
뭐해?
왜 불러도 대답도
안 해?
허푸 허푸
어쭈구리
목소리가 안 나와요
문어마녀에게
목소리를 뺏겼어요

상상력이란
욕조에서 언제든 인어공주로
변신할 수 있는 능력

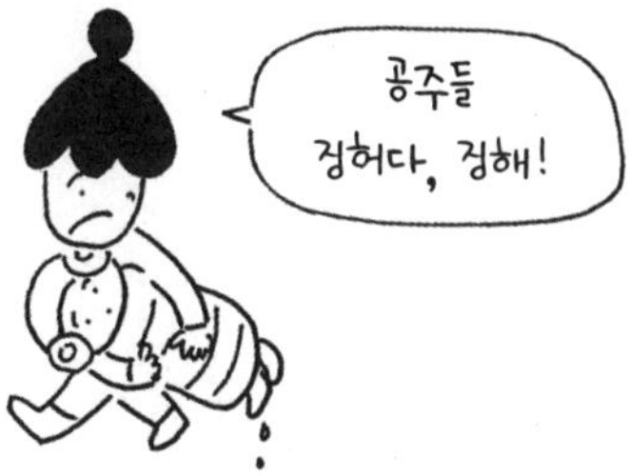
공주들
짐허다, 짐해!

#

행복이란
먼저 '안녕'이라고 말할 줄 아는 것

"안녕, 나무야."
"안녕, 개미야."
"안녕, 강아지야."
"안녕, 칫솔아."
"안녕, 배꼽아."

아이들은 세상의 모든 것들에 안녕한다.
개미에게, 나무에게, 새들에게, 강아지에게,
자기 칫솔에게, 밥그릇에게.

누군가에게 평안을 전하는 다정한 두 글자, 안녕.
그 두 글자를 먼저 건네는 것.

때때로 어른의 세상에서는 입 꾹 다물고,
'절대 안녕이란 글자는 내뱉지 않겠어'라고
결의한 사람처럼 서로 얼굴을 보고도
인사하지 않는다.
내가 건넨 인사도 아무렇지 않게
우걱우걱 씹어 삼켜버린다.
"그거 먹는 거 아니에요"라고 말하고 싶어지게.

똥아 안녕! 내일 또 만나
내일은 내일의 새 똥을 만나야 해

아이와 산책할 때면 나도 아이처럼 "안녕" 한다.
세상의 모든 것들에게.
그렇게 '안녕'이라는 인사를 남발하고
돌아오는 산책길엔 내 마음도 어느새 안녕해진다.
나의 마음도 어느새 안녕해진다.

이상한 나라의 앨리스가 "오늘 내 기분은 내가 정할 거야.
오늘은 행복으로 정할래"라고 말한 것처럼.
'안녕' 하는 인사처럼 별것 아닌 것들이
오늘 아침의 기분을, 오늘 하루의 기분을 정한다.
"안녕"이라고 먼저 인사하며 오늘 내 기분을 정하는 것.
그다지 어렵지 않은 시작.

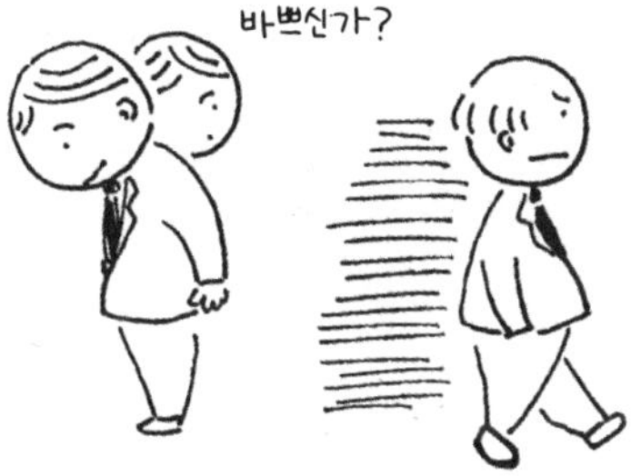
안녕하십니까
바쁘신가?

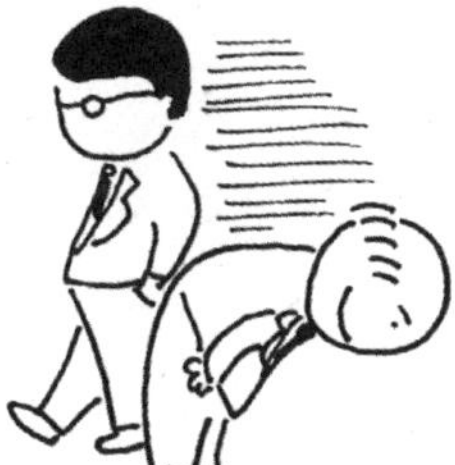
안녕하십니까

다정하다는 건 '안녕'이라고 말하는 것

#

행복은
좋아하는 사람과 개미굴을 '같이' 찾아보는 것

좋아하는 사람과 밤에 뜬 반달을 '같이' 보는 것.
아무것도 아닌 일들을 '같이' 하므로
특별하고 대단한 일로 만드는 것.

여왕개미한테
갖다주는 거야
날 보는 것
같아…

손톱달이다
저 별이 친구야

민들레 홀씨는
이렇게 부는 거야
후~

#

행복은
내 삶에 소중한 짐이 생긴다는 것

여행가방을
싸본다는 것
삶을 간결히 하는
연습

소중한 게 하나도 없다는 건
조금 쓸쓸하고
조금 외로운 일.

내 삶에 소중한 게 하나라도 있다는 건
그것 때문이라도 내가 살아진다는 것.

그것이 비록 내 삶에 무게를 더하는 짐일지라도
기꺼이 지고 가고 싶은 소중한 짐이 있다는 건
누가 뭐래도 행복한 일.

여행 준비

너 짐은 다 챙겼어?
응 말랑젤리랑 인형이랑 줄넘기랑
아빠 못갈지도 몰라 회사 일이…
안 돼 아빠 없인 아무 데도 안 가
소중한 짐?
아빠 내 소중한 짐이니까 꼭 챙겨야 해

소중하다는 건
잊지 않고 챙기게 되는 마음

여행가방을 싸보면 알게 된다
나한테 소중한 게 뭐였는지

#

행복은
누가 뭐라든 자기 예쁜 맛에 사는 것

나조차 나를 예뻐하지 않으면
누가 나를 예뻐하고,
나조차 나한테 홀딱 반하지 않으면
누가 나한테 홀딱 반하겠는가?

누가 뭐래도, 나 예쁜 맛에 살고
누가 뭐래도, 나 예뻐하며 살아간다.

어?
모기가
얼굴을
물었네?

내가 예뻐서
나 미우라고
물었나 봐
소오름 돋는 자신감
닭살 돋음

#

행복은
조금쯤 흐트러지는 것을
즐길 줄 아는 것

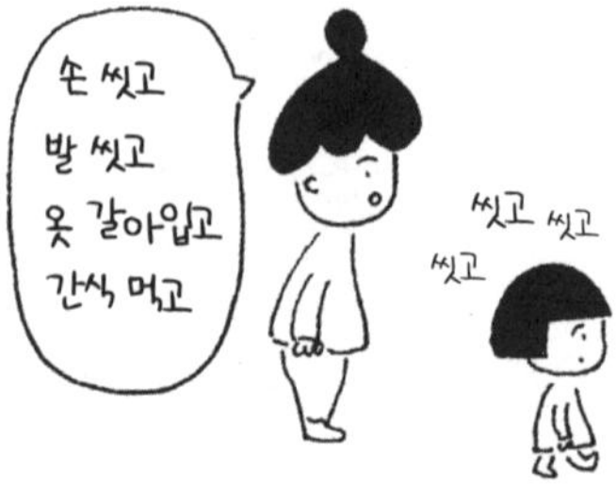
손 씻고
발 씻고
옷 갈아입고
간식 먹고
씻고 씻고
씻고

계획대로 움직이지 못한 여행에 대해
조금 구겨진 옷에 대해
널브러진 책들에 대해
조금 너그러워지려 한다.

가지런하게 정돈되어 있지 않으면
참을 수 없는 마음을,
스스로가 정해 놓은 규칙을 깨뜨리는 걸
견디지 못하는 마음을,
조금쯤 흐트러뜨려볼까 한다.

저 방에 꺼내 놓은 장난감은 치워야지
30분만 놀고 밥 먹을 거야
치우고 치우고

요기 조기 옷 걸고 장난감 치워
여기 저기 정리하고
여기 저기 요기
걸고 치우고 정리하고

지금 이 시간부터

엄망진창

살 것이다

규제와 규율에 묶인 마음을 훌훌 벗어던지고

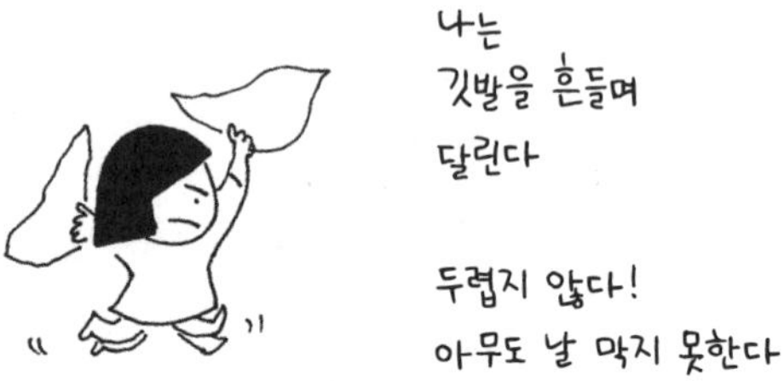
나는
깃발을 흔들며
달린다

두렵지 않다!
아무도 날 막지 못한다

쿵

앗! 잘못했습니…
치우겠습…
...

어차피, 사는 게 여행이라면
여행은 원래 한치의 오차도 없이
계획한 대로 이뤄질 수 없고,
여행은 원래 우연과 우연들이 훅훅 들어오는 것이니까.
그런 우연과 우연이 내 하루를 조금 헝클어놓는다고 해서
너무 신경질적 발작을 일으키거나
너무 두려워할 필요는 없으니까.

인생의 스케줄표에 맞추느라 늘 갇혀 있는 마음,
늘 조바심 내는 마음, 늘 눈치 보는 마음을
좀 느슨하게 놓아주기로 한다.
한 번쯤 엉망진창 뒤놀게, 한 번쯤 뒤죽박죽되게.

우리 딸
뭐가
속상했어?
속상했쪄
많이 화났쪄!

아빠 인생은 이미 엉망진창이야
아빠도 엉망진창 하고 싶지?

아냐 그건 안 돼
딱 한 번만
네?

아빠 이제 예뻐질 거야
갑자기 회사에 출근하고 싶어졌어

그만해
나 안 해
이거
한번만
흥
아빠
미워
마스카라

셋. 마음의 집

마음이 들뜨고
마음이 가라앉고
마음이 우울하고
마음이 쾌청하며
마음이 어지럽고
마음이 고요하고
마음이 두렵고
마음이 쓰라리다.

마음이 찢어지고
마음이 푸근하며
마음이 따뜻하다.

마음의 집에는 도대체 무엇이 살고 있을까.

두렵다는 건
내게 다가오는 것들을 알 수 없다는 것

오늘의 나는 어제의 나와 똑같은 걸까?

사라져서 소중해지는 걸까.
소중한 것들은 사라지는 걸까.
오늘의 나도 내일이면 사라지겠지?
내게 다가오는 시간들은 어떤 모습일까?

어제보다
조금 더 크고

어제보다
폭신폭신
해지고
주물
주물

어제보다
복슬복슬해

안 돼!
< 모닝 뽀뽀
어제보다
까끌까끌해졌어

#

변한다는 건

익숙한 '안도'로부터 걸어 나와야 한다는 것

새로운 환경으로 진입하는 것에
거부감이 없는 사람들이 있는 반면,
작은 변화에도 극도로 긴장하고
예민해지는 사람들이 있다.
변한다는 것에 걱정과 염려, 불안과 긴장이 앞서는 사람들.

새로운 학교로 가게 될 때, 새 직장으로 이직할 때,
다른 지역으로 이사 갈 때,
새로운 사람과 일을 시작해야 할 때,
새로운 업무를 익혀야 할 때.

때로 이런 변화들은 내가 따라가기 벅찬 속도로 다가온다.
변한다는 것에 조금 더디게 적응하는 사람들에게는
변한다는 건 낯설고 당황스러운 일.
익숙해진 것들이 만들어내는
'안도'로부터 걸어 나와야 한다는 건
아무래도 조금 두려운 일이다.

그 두려움이
변하는 것으로부터 움츠리게 하고
도망치게 하고 거부하게 하기도 한다.
나이가 들수록 '안도'의 세상에서 제 발로 걸어 나오는 건
점점 어려운 일이 되고 만다.
떠밀려 변화 속으로 들어가기 전까지는
뜨듯한 바닥에 궁둥이를 붙이고 앉아 꿈쩍 않고 싶다.

시작하기도 두렵고, 끝내기도 두려운 마음에 갇혀서
꿈쩍 못하며 살아갈 때가 있다.
그게 일이든, 사람과의 관계이든.
변화가 무서워서 그냥 눌러앉아 있는 것.

두렵지만,
살아가는 건 끊임없이 변해가는 것.
익숙한 모든 것들로부터 걸어 나와야 할 때,
그 혼란과 슬픔과 불안을 걸어 나오며
성장한다.

\#

타이밍이란
파스타면을 딱 맞게 익히는 것

파스타면을 삶을 때
면의 심이 조금 살아 있게 삶는다. 알덴테로.

너무 푹 삶지도,
너무 덜 삶지도 않는
딱 그 시간.

너무 늦어버리지도
너무 서두르지도 않는
딱 그 시간.

먹어보고

최적의 타이밍은
때로 진심만으로는 부족할 때가 있다

면이 잘 익었는지
벽에 던져보고

스뚜-라이크

파스타면을 삶는다

최적의 타이밍은
상대의 마음을 충분히 헤아려야
찾을 수 있기 때문이다

어때?
딱 좋아

최종 확인은
내 파스타를
먹어줄 당신

때를 고르자
구멍이 작아야
똑똑
울리는 소리

#

후회란 때를 놓친다는 것

시간이 흐르는 것도
계절이 지나는 것도 모른 채
때를 놓치며 산다.

꽃이 피는 때,
나뭇잎 색깔이 변하는 때,
공기의 냄새가 달라지는 때.

모니터와 스마트폰에 코 박고 사느라
내 빛나는 시간의 때를,
내 빛나는 계절의 때를,
다 놓치고 산다.

웃어야 할 때, 울어야 할 때, 놀아야 할 때, 공부해야 할 때,
일해야 할 때, 쉬어야 할 때, 잠자야 할 때, 떠나야 할 때,
곁에 있어줘야 할 때, 침묵해야 할 때, 말해야 할 때,
눈감아줘야 할 때, 손 떼야 할 때, 손잡을 때,
다가가야 할 때, 멈춰야 할 때….

자기의 삶이라서 그 '때'는 누가 알려줄 수도
누가 알려주지도 않는다.
자기 삶에 마음의 주파수를 잘 맞추고
자기의 '때'를 기다려야 자기의 '때'를 즐길 수 있다.

언제 말하지
빠를수록 좋아

처음엔 당황할지 몰라
아마 울지도 …

자연스럽게 변해가는 '때'를
너무 낯설어하지 않고, 두려워하지 않으며
즐길 수 있는 것

#

배신감이란
생각지도 못한 사람에게 생각지도 못한 때에
뒤통수를 얻어맞는 것

자나깨나
뒤통수 조심.

동생이 생겼어
어떻게
나한테
이럴 수
있어?

아빠도 알았어?
아빠가 모를 순 없었어

아빠 배에도 동생 있는 거야?
아니야 아니야 이건 순수한 내 배
나만 몰랐어 내가 동생 싫다고 했는데

#
눈치란 상대의 마음을 읽어내는 것

너도 알고
있었던 거야?
나만 몰랐던 거야?
아니야
나도 몰랐어
배가 늘
나와 있었으니까

변한다는 게
두려워
생각처럼
나쁘지
않을 수도 있어

동생이 생겼대
이런이런
털썩
오 마이 갓!
동생이 있는 놀이터 친구들

축하해
힘 내! 무슨 말로 위로할지

동생이 생기면 너무 귀엽고 사랑스러울 거야
네 일 아니라 이거지?
닥쳐
참아 나도 참잖아
너 무슨 말을 그렇게 하냐?

아빠도 슬플
때가 있어
아빠
똑땅해?

#
마음은
몸과 함께 가는 것

마음은 몸에 집을 짓고 있어서
몸이 무너지면 마음도 무너진다.

서로가 서로를 잘 챙겨주지 않으면
동반 몰락한다.

마음이 힘들 때는 몸을,
몸이 힘들 때는 마음을 돌봐주는 것은
둘이 단단히 연결되어 있기 때문이다.

나는 왜 이 모양인가, 왜 하는 일 족족 이렇게도 안 되는가.
이런 생각에 마음이 쪼그라들어 있을 때면
그 마음을 붙들고 있어봐야 어찌해볼 도리가 없다.
마음이 허약해진 시간을 지날 때면
일단 몸을 일으켜 걷기라도 해야 한다.
햇볕을 쬐고, 바람도 쐬고, 두 다리를 시원하게 쭉쭉 뻗고
걸어야 한다.

걸을 힘마저 없을 때면 잠이라도 푹 잘 시간을,
잘 잘 수 있는 고요한 방과 포근한 이불을,
잘 차린 밥을 자신을 위해 대접해줘야 한다.

살면서 만나게 될
심신미약의 시간을 지나려면
우선 몸부터 챙기고 볼 일이다.

따라 와
뷔페 갈 사람

요이 땅 -

#

위로는
'그렇구나, 당신 많이 힘들구나'라고
말해주는 것

위로한다며
장황하게 훈계를 늘어놓을 생각이라면
그거 넣어두세요.
위로랍시고
특단의 해결책 같은 걸 쥐어주려 한다면
도로 가져가시고.

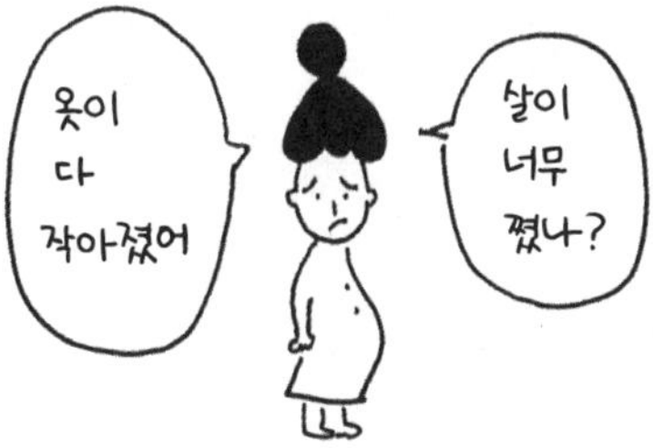
옷이 다 작아졌어
살이 너무 쪘나?

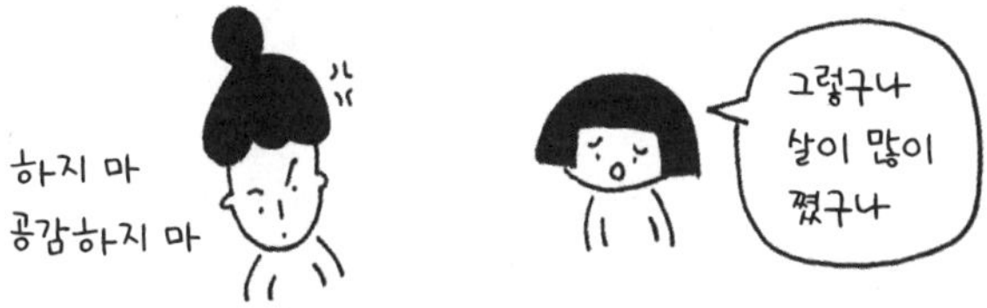
하지 마 공감하지 마
그렇구나 살이 많이 쪘구나

공감의 언어

그렇구나

나 살쪘지?
어디 가?
이런 질문은 피하는 게 상책인데

살이 어디 쪘다고 그래 (1차 답변)
나한테 관심 1도 없냐?

그 정도는 돼야 보기 좋지 나이 들어서 마른 것도 좀 그래 (2차 답변 시도)
아, 늙었다?

치-
예쁘긴,
됐어
내 눈엔
아직도 예쁜데
(3차 시도
에라 모르겠다)

휴 잘했어

압박 인터뷰
매번 당해도 어려운

위로는 그저 마음을 나란히 놓는 것일 뿐입니다.
내 슬픔 곁에 당신의 마음을,
내 고통 곁에 당신의 마음을,
그저 가만히 곁에 두는 것일 뿐.
가만히 곁에 있는 마음, 그 마음만으로 충분히 위로받으니
그 위에 무언가를 자꾸 더하려 들지 않아도 됩니다.

\#

질투는 자기 눈을 찌르는 일

보지 말았어야 했다

.

.

.

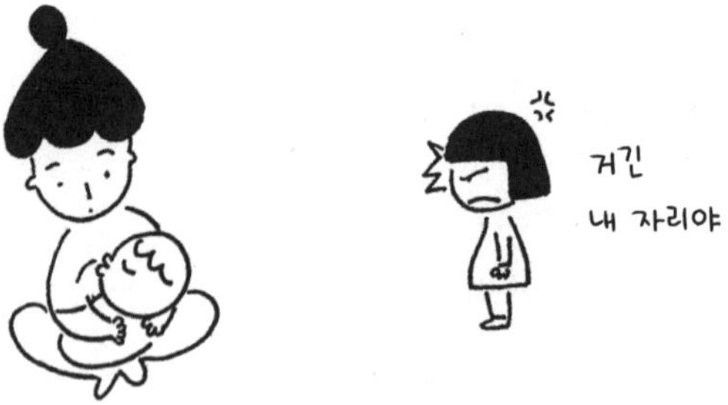
거긴
내 자리야

아무도 가르쳐 주지 않았다
이런 감정이 어떤 건지
자기는 물론 주변까지
힘들게 하는 질투의 감정

삐뚤어질 거야

그리스 신화 속 질투의 여신 헤라.
신들의 여왕이며 올림푸스에서
가장 아름다운 여신이었지만
바람둥이 남편 제우스로 인해 그녀는
불같은 질투 속에서 살았다.
헤라는 최고의 자리에서 최고의 아름다움을 갖고도
자신의 삶을 오직 제우스의 여자와
그의 자식들의 삶을 파괴하는 것에만 썼다.

한 송이 꽃에서
우주를 보네
오, 삶의 신비여

오! 저 가방
개 멋짐!

자기 분야에 뛰어난 능력을 가진 사람에게 느끼는
열등감과 질투의 심리 상태를 뜻하는 '살리에리 증후군'.
이 이름의 주인공인 살리에리는
알려진 대로 모차르트와 같은 시대 음악가다.
궁정 최고의 악장까지 지낸 음악가이고
슈베르트, 베토벤 등을 가르친 음악교육가이기도 한 그가
실제 후대에 알려진 것처럼 모차르트에 대한
열등감과 질투심으로
자신의 인생을 송두리째 불태웠는지는 알 수 없다.
실제는 모차르트와 좋은 라이벌이자 음악 동료였을 수도 있으나
비교하기 좋아하는 세간의 시선이 살리에리를
모차르트를 독살한 인물로까지
그려내고 싶었던 것은 아니었을까.
다만 스스로 비교하고 싶지 않아도 늘 비교되는 삶을 살아야 했던
사람의 마음이 안녕하기는 쉽지 않았을 것이다.

단순한 부러움이 뜨거운 질투가 되고,
증오가 되고, 적의로 변신하기도 한다.
때로 부러움이 격렬해지고, 열등감이 깊어지면,
질투의 감정은 종잡을 수 없이 사나워지고
기괴하게 비뚤어진다.
자기 눈을 찔러, 눈멀게 하고,
자신의 삶을 살아가지 못하게 하는 가시덩굴 같은 감정, 질투.

휙
이깟 꽃

#

혼란이란
감정의 색깔을 정확히 알 수 없다는 것

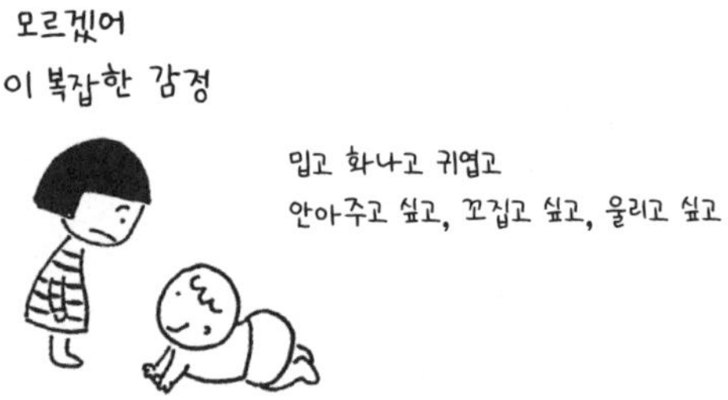
모르겠어
이 복잡한 감정
밉고 화나고 귀엽고
안아주고 싶고, 꼬집고 싶고, 울리고 싶고

미워야 하는데
왜 귀엽지?
동생 좀
안아줘!

흥, 미워
안아주기
싫어

그게
어른들의
문제지
기다려주지
못하는 거
쪽
쪽
내가
안아주려고 했어
근데 하라고 하니까
하기 싫어졌어

슬픔인지 두려움인지 배신감인지,
내 안에 묵직하게 있는 감정의 덩어리가
어떤 이름인지 잘 알 수 없을 때가 있다.
마음의 여러 감정의 색깔이 뒤죽박죽 섞여버린 기분.
안개 속에 갇힌 기분.

사람들 속에 있어도
외로운 날이 있다

#
쓸쓸하다는 건
나를 빼고도 세상은 돌아간다는 것

난
잊혔어

난 늘
널 기억해

#

슬플 땐 빨래바구니 속에서
세탁기 돌아가는 것을 바라보는 것

누구나 슬픔의 시간을 견디는
자기만의 방법이 있다

슬플 땐 슬퍼하고 화날 땐 화나는 마음을 가두지 않는 것.
자기만의 슬픔과 이별할 수 있는 비밀기지에서
자기만의 슬픔과 헤어지는 의식을 치르면서
다시 보송보송한 마음으로 돌아올 때까지 시간을 갖는 것.

억지로 웃으라고, 억지로 괜찮으라고 강요하지 않고
슬픔에게는 슬플 시간을
화냄에게는 화냄의 시간을 내어주는 것.

이제 좀 괜찮아?
아직 탈수 두 번은 더 봐야 할 거 같아

빨래바구니 속에 들어가
빨래 도는 것을 보는 것
작고 확실한 슬픔을 지나가는 법

화가
부글부글
못생김이
자글자글
화날 땐
양푼비빔밥
또 화났어?
또 밥먹네?

몇 번이나 불러도 안 오고 밥도 안 먹고
나 화났어

어른도 화나면
솔직히 말해도 된대
왜 이러셔!

#

화는 때때로 약자를 향하는 것

화의 방향은 대개 나보다 약자를 향한다.
나도 모르게 내가 화를 퍼붓고 있는
그 약자는 누구일까.

약자에게만 안 되는 분노조절의 문제는
조절능력의 문제가 아니라
권력의 문제라는 말을 백 번 공감한다.
강자 앞에서는 그토록 잘 되는 조절이
약자 앞에서만 조절 제어장치가 고장난 듯
길길이 날뛰는 우리들을 보면
우리의 분노는 얼마나 옹졸하며
우리의 분노는 얼마나 비겁한지 생각하게 된다.

때때로 자신의 존재감을
부정적인 감정들로 드러낼 때가 있다.
화를 퍼붓고 고함을 지르고,
짜증을 내고 모욕감을 주면서.

어두운 감정을 휘두르며 자신의 존재감을 드러내고
그렇게 드러낸 존재감에 묘한 쾌감을 느끼기도 한다.

자신도 모르게 휘두르는 감정은
폭군을 자처하며 주위 사람들의 감정까지 지배하고,
주변을 흉흉하게 한다.

사는 게 내 마음 같지 않아서
화가 나고 짜증이 나는 거야 어쩔 수 없지만
그 화와 짜증을 나보다 작고 약한 자에게 쏟아내는 건
퍽이나 비겁한 일이다.

식전

하지 마
하지 마 하지 말라고
이 똥강아지야!
아무것도 하지 않았는데 뭘 또 하지 말아야 할까?

식후

아유. 예쁜 강아지
뭘까? 기분이 좋아진 걸까?
아까의 똥강아지

러버덕의 삶

감정노동자

Good Day

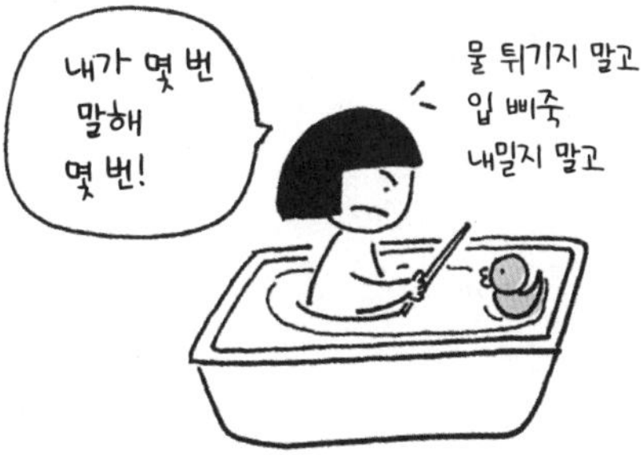
내가 몇 번 말해 몇 번!
물 튀기지 말고 입 삐죽 내밀지 말고

Bad Day

이렇게 망가뜨리면 어떡해?
미안해 말해야지
미안하다 미안해 됐냐?
거기다 둔 너도 잘못했잖아
사과를 지저분하게 하고 있음

#

사과는

'건네는' 것

누군가의 마음의 슬픔과 아픔의 깊이를
헤아리지 않은 채 성급히 던진다.
그렇게 던지듯 전한 사과는 한 번 더 상대를 힘들게 한다.

"그게, 뭐 어쩌다 보니 그렇게 됐어" 하며
미안함을 얼버무리기도 하고,
"미안하다, 미안해. 됐냐?" 하며
미안함을 윽박지르기도 하며
물귀신 발목 잡듯
"나도 미안하지만 너도 잘한 건 없지,
넌 뭐가 문제냐면…"라며
미안함을 지저분하게 퉁치기도 한다.
"이 정도 미안하다 하면 됐지,
언제까지 그렇게 질질 끌 거냐"라며
자신의 사과가 받아들여지지 않는 것에
파르르 화를 내기도 한다.

이 정도 사과면 대단하지,
자신의 사과를 과시하기도 하고,
사과를 툭 던져놓고는 할 일 다했다는 듯
모른 척하기도 한다.

왜 거기
누워 있었어?
아,
미안
미안
아!
내 머리카락
앗 아

사과는 '건네다'라고 표현한다.
미안해하는 마음을, 용서를 구하는 마음을
상대의 마음에게 전하는 것이다.
건네는 것은 툭 던지거나 들이밀거나
마지 못해 쥐어주고 가는 것이 아니라
마음을 다해 저 마음에 닿도록 전해주는 것이다.

구구절절 여러 말이 아니어도
그냥 담백하게 진심을 담아 미안하다고 하는 것이다.

진심을 다한 사과를 전한 후에는
그 사과의 마음이 닿기까지 담담히 기다리면 된다.
강요하지도 재촉하지도 않고.

#

지친다는 건
달려도 달려도 보통의 삶이 되기 힘들다는 것

'보통'의 얼굴
'보통'의 키
'보통'의 몸무게
'보통'의 회사원
'보통'의 월급
'보통'의 생활

참 쉽지 않은 보통

보통의 얼굴

보통의 월급

그저 보통이 되고 싶었을 뿐인데
이다지도 어려운 건지

이 모든 '보통'이 참 시시했었는데
이 모든 '보통'이 참 어렵다.

남들처럼 보통의 삶을 살기 위해 언제까지
이토록 너덜너덜해져야 하는 건지 모르겠을 때
보통의 삶마저 사치의 삶으로 다가올 때
그만 달리기는 멈추고, 휘파람이나 불고 싶다.

도대체 '보통'의 기준은 누가 정해놓은 걸까.
세상은 왜 나에게 늘 부족하다고만 말할까, 궁금해질 때면
휘파람이나 불면서 달리던 길에서 샛길로 빠져 나와
조금 오래오래 산책이나 하고 싶다.

#

성장한다는 건
두렵고 조금 아픈 것

성장한다는 건
무언가 잃어버리는 것.
상실을 감당해야 한다는 것.
이별을 견뎌야 한다는 것.
아픔을 끌어안아야 한다는 것.

빛나는 슬픔,
찬란한 아픔.

무서워
괜찮아, 괜찮아
자꾸 그러지 마
나도 처음인데
아빠
떠음이야?
불신
무경력
초짜
아니 아니
많이 뽑혀봤어
(침착해 침착해)
어디 가?
잠깐만

이제 됐어
얘들아. 용기를 줘
좋아
시작한다
단번에
끝내자

퍽
얍ㅡ
앗
이렇게
쎌 것
까지는

빠졌어?
진짜?
빠졌어
빠진 거야
하ㅡ
어. 빠졌어
하ㅡ

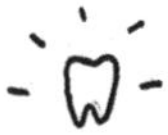

첫니 빠진 날

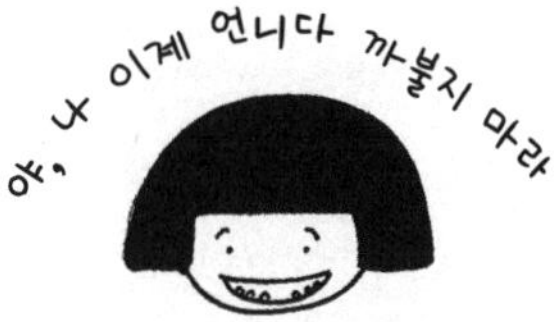
야, 나 이제 언니다 까불지 마라

이 빠진 언니

넷。

흠뻑

나의 삶을 산다는 것

기어코 나의 삶을 살아간다.

나로서 활짝 피어나는 삶.

#
나로 산다는 건
제비꽃은 제비꽃답게 감자꽃은 감자꽃답게
피도록 응원하는 것

호이 호이
엑!
우가차차
우가차
실룩
실룩

여자애가
왜 그렇게 노니?
좀 여자답게
놀아

나로 산다는 건
내 안의 가득한 것을 피워내는 것으로 그만인 것.

하지 마! 거꾸로는
위험해. 라고 말할
틈도 안 줘
노는 게 완전
남자아이네요
하하
슝

#

나를 존중한다는 건
비록 결과가 이것뿐일지라도 나의 최선을 봐주는 것

들인 시간과 노력에 비해 얻은 결과가 초라할 때가 있다.
겨우 이 성적 받자고, 겨우 이 월급 받자고,
겨우 이런 소리나 들으려고 겨우….
내 노력에 대한 성적표가, 내 능력에 대한 연봉이,
내 최선에 대한 사람들의 평가가
결과물이 될 수밖에 없지만
과정을 지켜봤고, 과정을 함께 해왔던 나만이라도
초라한 결과 뒤에 숨어서 얼굴도 못 내미는
과정의 시간들을 칭찬해주면 좋겠다.

"수고했어. 정말 수고 많았어."

밥은 내가 해주지
아빠 밥할 수 있어?

송송 썰고?
달달 볶고?
자작자작 끓이고?
다 돼가?

만리장성이죠?
여기 간짜장 곱빼기, 짬뽕, 단무지 많이요

#
너덜너덜해진 행주 같은 일상에도
빛나는 구석이 있다는 것

내 일상은 너덜너덜해진 행주 같다.
너무 빨아 쓰고 삶아 써서 구멍 난 행주.
내 일상은 무릎 나온 바지 같고,
내 일상은 목선 늘어난 티셔츠 같다.

고단한 하루, 누추한 방 안.
소파에 앉아 등을 기대면
오늘도 숨 돌릴 틈 없이 살았으나
아무것도 아닌 시간들을 살고 온 기분에
마음은 털썩 가라앉는다.

버텨가는 이 시간 속에서도 무엇이 자라나고 있을까?
견뎌가는 이 시간 속에서도 하얗게 나온 아기의
젖니처럼 빛나며 올라오는 것이 있을까?

후줄근한 양말 같은 일상
이 후줄근한 일상에도
볕이 들까?

#

나와 잘 지낸다는 건 '어제의 나'와 '오늘의 나'가 사이좋게 지내는 것

왜 이렇게밖에 살지 못하는 걸까. 문득 답답해질 때가 있다.
이거밖에는 안 되는 걸까.
밀고 나가면 밀고 나가는 만큼
내게 더 크고 넓은 영토를 보여줄 것 같던
말랑말랑한 삶의 가능성은 쪼그라들어
말라비틀어진 밥마냥 딱딱해져 있고,
내 사는 꼴은 이거밖에 안 될 것 같은 기분.

어르신,
당신이
내 미래?
네가
과거의 나?

어떤 변화도 기대하기 어려워지는
막다른 길에 서 있을 때가 있다.
꿈을 꾸기엔 현실의 말랑말랑한 구석을 찾아볼 수 없는 때.

서서히 굳어가는 근육처럼
삶의 통로들이 견고하게 굳어가며
새로운 바람 같은 건 불어오지 않을 것 같은 답답함.

나를 알고 있는 모든 관계로부터,
내가 알고 지낸 모든 것으로부터 떠나 아무도
나를 아는 사람이 없는 곳으로 떠나고 싶어질 때도 있다.
다른 사람으로 살아보고 싶어지는 때.

늘 나를 그렇게 바라보는 시선,
늘 나를 대하는 태도로부터 벗어나
다시 시작해보고 싶어지는 때.

다 들려 그렇게 크게
한숨 쉬지 마
음…
하 -

가끔, 꿈꾸던 열여섯 살의 내가 불쑥 찾아와
말할 것만 같은 기분이 든다.
"이거였어? 이런 어른이 된 거였어?"

팔랑팔랑거리며 꿈꾸던 열여섯 살의 내가
더 이상 자라기를 멈춰버리고 싶다고 생각할 것만 같아
미안하고 안타까운 기분.

열여섯의 '나'가 지금의 '나' 앞에 나타난다면
부디 원망하거나 질타하지 않았으면 좋겠다.

서로 탓하지 않고, 서로 비난하지 않고, 서로 무시하지 않고
서로를 응원하면서, 사이좋게 지냈으면 좋겠다.

보통이네, 생각보다 멋진 보통으로 잘 컸어
힘든 날도 많았지? 우리 서로 잘 지내자

#
내 삶을 산다는 건
고작 네 개의 가시뿐일지라도
고작 그것으로 자기를 지켜내는 것

"내 장미는 고작 네 개의 가시로
세상으로부터 자기를 지키고 있어."

-《어린왕자》 중에서

짐승도
무섭지 않아
난 발톱이
네 개나 있다고

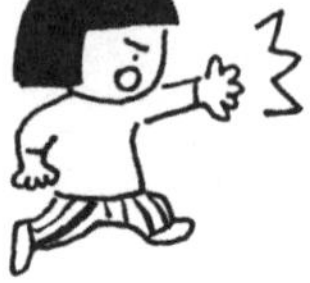
번개 파워

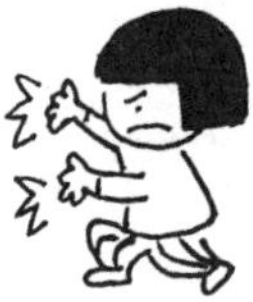
파박
파박

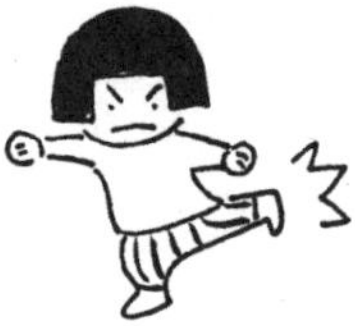
뒷발차기

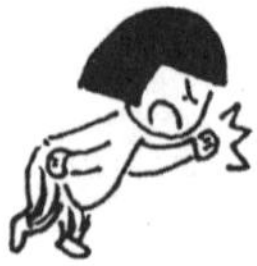
주먹 공격

고작 번개 파워로 세상으로부터
자기를 지켜내고 있는 어린이

나는 고작 무엇으로
세상과 싸워
나를 지킬 수 있을까

고작 그것이지만
나를 지킬 수 있는 힘은 내 안에 있는 것

#
자기 멋에 산다는 건
조금 뻔뻔해지고 조금 당당해지는 것

빨강머리N

빨강머리N

최현정 지음 | 288쪽 | 13,000원

달콤 살벌한 세대를 살아가는 어른아이를 위한 에세이!

네이버 출간 전 연재 30만 공감! 다음 스토리볼 200만 조회의 화제작! 페이스북의 욕쟁이 아티스트! 원작의 사랑스러운 앤을 현실로 끌어와 직장, 연애, 꿈, 가족, 인간관계 등 삶을 장식하는 다양한 풍경을 들여다본다.

빨강머리N 난 이래, 넌 어때?

빨강머리N 난 이래, 넌 어때?

최현정 지음 | 320쪽 | 14,800원

솔직해서 비루하고, 비루해서 사랑스럽다

보통 어른의 삶이란 어떤지, 다 큰 어른들의 마음이 얼마나 아이처럼 여릴 수 있는지, 남의 돈 벌어 먹고살기란 얼마나 고된지, 여자로서 험악한 세상을 살기가 얼마나 두려운지를 때로는 웃음 나게, 때로는 눈물 나게, 간혹 오소소 소름 돋게 묘사하고 있다.

사소한 용기

사소한 용기

자림 지음 | 308쪽 | 13,800원

사소함의 두께가 '나'의 두께가 된다

"이것도 용기야?" 할 정도로 작고 사소한 용기들이 쌓이고 쌓여 우리의 인생이 된다. 거창하게 지구를 지키기 위해, 나라를 구하기 위해 목숨을 건 용기를 내라는 말이 아니다. 오늘을 구하기 위해, 지금의 나를 구하기 위해 사소한 용기를 내는 것으로 충분하다고 말해준다.

처음 살아보니까 그럴 수 있어

처음 살아보니까 그럴 수 있어

요적 지음 | 320쪽 | 13,800원

서툰 어른으로 살고 있는 우리에게 가장 필요한 말

모두 오늘을 처음 살고 있으니까, 모두 지금 이 나이를 처음 겪고 있으니까, 당연히 서툴고 잘 못하고 어려운 게 사실이다. 처음이니까 당연하다고, 처음이니까 실수도 많다고, 처음이니까 잘 못하는 거라고, 토닥토닥 작고 따뜻한 말로 위로해준다.

중국, 인도네시아 판권 수출!

그 사람 더 사랑해서 미안해

그 사람 더 사랑해서 미안해

고민정(전 KBS 아나운서, 현 청와대 부대변인) 지음
320쪽 | 12,000원

이해인 수녀, 김용택 시인, 박지윤 아나운서를 울린 고민정 아나운서의 '존경'할 수 있는 사랑이야기

돈이 많은 사람보다 존경할 수 있는 사랑을 택했다는 고민정 아나운서, 매 순간 자신의 삶에 솔직한 그녀의 모습과, 곁에서 마치 화가처럼 그녀의 꿈과 행복을 그려주는 남편 조기영 시인을 만날 수 있다. 또한 그들에게 허락된 아이 은산을 향한 사랑도 담겨 있다. 꽃보다, 시보다 아름다운 고민정 아나운서의 치열한 삶과 사랑을 가슴에 새겨보자.

내 나이가 나를 안아주었습니다

내 나이가 나를 안아주었습니다

신은경 지음 | 248쪽 | 13,800원

전 KBS 9시 뉴스 앵커 신은경의 골든라이프 강의!

KBS 9시 뉴스 앵커로 유명한 신은경 아나운서가 백세시대를 살아가는 우리에게 '나이 들수록 멋지게 살아가는 법'을 들려준다. 평균수명이 늘고 사회변화가 빠르게 진행되면서 중년 이후의 삶이 무엇보다 중요해졌다. 나이 듦은 피할 수 없는 현실인 만큼, 어떤 상황에서도 자기중심을 잃지 않고 나다움을 지키며 살아갈 수 있도록 지혜와 용기를 북돋워주는 이야기들을 담았다.

나를 위해
하다

나를 위해 하다

하다 지음 | 304쪽 | 13,800원

세상에서 가장 아름다운 동사 '하다'

나를 위해, 당신을 위해, 우리를 위해 '하는' 말들을 담았다. 인스타그램으로 폭발적 공감을 일으킨 하다(@do_hada) 작가의 이름 그대로, '하다'라는 동사를 탄탄하게 풀어냈다. '하고 싶은데' 또는 '내가 할 수 있을까' 고민하는 대신 나를 위해 '하는' 삶을 살 수 있도록, 나와 당신을 위한 마음을 가득 담은 책이다.

남편은 내가 집에서 논다고 말했다

2018 세종도서 교양나눔

남편은 내가 집에서 논다고 말했다

최윤아 지음 | 240쪽 | 13,000원

회사가 싫어 집으로 도망친 여자의 리얼 주부 일기

전업주부는 시간이 남아돈다는 편견, 전업주부는 양성평등을 논할 수 없다는 차별, 전업주부는 팔자 좋은 여자라는 선입견이 우리를 지치게 한다. 맞벌이가 아니라는 이유로 '발언의 자격'마저 상실한 사각지대. 결혼 후 계속 일할까 그만둘까 고민하는 여자들에게 전업주부로 먼저 살아본 여자의 솔직한 이야기를 전한다.

느림보 마음

문태준 지음 | 400쪽 | 13,000원

너무 빠른 세상에 문태준이 주는 쉴 겨를이 있는 생각!

문태준은 삶에서도 욕심 부리지 않는다. 느림보 시인이라는 별명답게 묵묵히 그의 길을 갈 뿐이다. 마음의 욕심을 덜어낼 때, 그리하여 느린 마음이 될 때, 우리는 조금 더 행복해질 수 있다고 말하는 그의 이야기를 만나보자.

지지 않는다는 말

김연수 지음 | 300쪽 | 12,000원

'애써 이기려 하지 않아도 되는' 삶을 말하다

김연수가 어린아이였을 때부터 중년이 될 때까지 체험한 사랑, 자연, 문학, 사람, 그리고 달리면서 쓴 소설과 읽은 책에 관한 이야기를 담았다. 이 책에서는 소설 속에서는 찾아볼 수 없는 김연수만의 새로워진 문장들을 만날 수 있다.

2016 세종도서 문학나눔

자작나무 숲으로 간 당신에게

이호준 지음 | 368쪽 | 13,000원

그저 가볍게 지나쳤던 풍경들이 어느 날 내게 말을 걸었습니다

매일 아침 시간에 쫓겨 하루를 시작하는 사람들에게 귀 기울여본다. 생계를 위해, 꿈을 위해 열심히 살아가는 사람들. 그들의 이야기를 통해 인생을 만나보자. 살아가고 또 살아남는 세상살이에 지친 우리를 따뜻이 껴안고 보듬어주는 이야기들, 날마다 부지런 떨며 살아가는 우리 모두를 위해, 마음을 여는 풍경 같은 이야기를 소개한다.

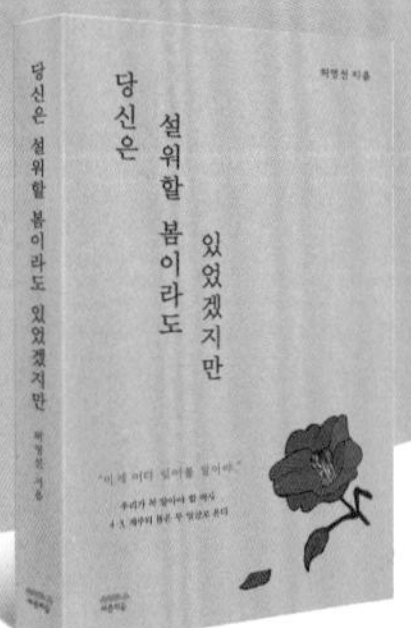

당신은 설워할 봄이라도 있었겠지만

허영선 지음 | 320쪽 | 14,000원

우리가 꼭 알아야 할 역사 4·3, 제주의 봄은 두 얼굴로 온다

제주43사건의 비극은 아직 끝나지 않았다. 백비(白碑)에 새겨넣어야 할 43의 이름들과 정명의 문제, 진실규명 등 해결해야 할 문제들은 여전히 진행 중이다. 43의 참혹한 상흔과 남겨진 과제, 43과 여성들, 43 한복판에서 목숨 걸고 검은 바다를 건넌 재일동포와 그들이 꽃피운 예술, 황홀과 비애를 동시에 간직한 제주의 역사와 자연 등 43으로부터 시작된 그 모든 이야기를 담았다.

삶이 너에게 해답을 가져다줄 것이다(3판)

김용택 엮음 | 240쪽 | 13,000원

김용택의 '내 인생을 바꿔준 시 한 편'

김용택이 산벚꽃이 피어나는 봄이면 읽던 시, 시골 논둑길을 걸으며 암송하던 시, 젊은 시절 삶에 실패와 좌절을 경험했을 때 읽던 시, 초롱초롱한 아이들 눈망울을 떠올리며 읽던 시, 바람 속에서 읽던 시들을 모아 위로의 시로 엮어냈다. 한 편의 시가 넘어진 삶을 일으켜 세운다는 위대한 진실을 일깨우며, 삶을 관조하고 성찰하는 계기를 마련해준다.

나를 뺀 세상의 전부

김소연 지음 | 264쪽 | 14,000원

"나는 당신과 함께 살아가므로 완성되어간다"

더위에 지친 할머니에게 꿀물을 타주는 것, 버려진 곰인형을 안고 집에 돌아와 그것을 손수 주물러 빠는 것, 말이 서툰 아이와 대화를 나누는 것, 엄마의 노년을 지켜보는 것. 사소한 것 같지만 제법 사소하지 않은 사람 사이의 관계와 일상을 이야기하며 나와 다르지 않은 시인의 세계를, 우리가 소홀했던 삶의 단면을 만날 수 있다.

촛불

가스통 바슐라르 지음 | 김병욱 옮김
169쪽 | 15,000원

시인들이 사랑한 텍스트 가스통 바슐라르의 마지막 저작

프랑스의 과학철학자이자 시 철학자로 프랑스 현대사상사의 독보적인 존재로 알려진 가스통 바슐라르. 이 책은 '시인 가운데 가장 훌륭한 철학자이며, 철학자 가운데 가장 훌륭한 시인'으로 평가받는 가스통 바슐라르가 임종 일년 전에 집필한 마지막 저서다. 수많은 시인들, 예술가들의 필독서이기도 했던 이 책은 촛불이 우리에게 불러일으키는 시적 몽상에 대한 탐구에 초점이 맞춰져 있다. 촛불이 촉발하는 이미지들의 시학! 뿐만 아니라 촛불 앞에서 펼쳐지는 인간의 내면과 영혼을 관찰하고 통찰할 수 있게 이끌어준다.

알베르 카뮈와 르네 샤르의 편지

알베르 카뮈, 르네 샤르 지음 | 백선희 옮김
288쪽 | 16,000원

국내 최초로 번역된 편지들! 시간이 지날수록 깊어지는 우정과 문학적 밀담!

노벨 문학상 수상작가 알베르 카뮈, 프랑스 현대시를 대표하는 르네 샤르가 13년 동안 주고받은 184통의 편지를 담았다. 그들은 한 시대를 함께 살았고, 함께 전쟁을 겪었고, 전쟁을 통해 더 성숙해진 작품을 많이 내놓았다. 1946년부터 1959년까지 그들이 주고받은 편지 속에는 집필 중이던 작품, 당시의 시대 상황, 가족에 대한 마음과 삶에 대한 고민이 가감 없이 녹아 있다.

나는 나로 살기로 했다

김수현 지음 I 288쪽 I 13,800원

진짜 '나'로 살기 위한 뜨거운 조언들!

길을 잃고 있는 당신에게 가장 필요한 책, 어른이 되어서도 '나'를 찾고자 하는 어른아이를 위한 책, 밥벌이와 어른살이에 지친 모든 현대인에게 '나'를 돌아보게 하는 시간을 선물해준다.

대한민국 전자출판대상 우수상!

일본, 중국, 대만, 베트남, 태국 판권 수출!

2019년 교보문고 종합베스트셀러 2위

2017년 예스24 독자 선정 올해의 책

2017년 인터파크 에세이 예술 분야 최고의 책 1위

180도

김수현 지음 I 288쪽 I 13,000원

관점을 뒤바꾸는 재기발랄 공감 에세이

세상을 180도 뒤집어 바라보면, 공포영화는 액션영화가 되고, 엑스트라는 영웅이 되며, 우리는 나이를 거꾸로 먹을 수도 있다. 시작도 하기 전에 포기하지 않게 될 것이고, 겁먹고 도망치지 않게 될 것이다. 기성세대의 무책임한 위로가 아닌, 담백하고 솔직한 문장들로 따뜻한 공감을 불러일으킨다.

마음의숲 Woods of Mind's
책들 Books

페이스북 인스타그램 @maumsup
주소|마포구 동교로 144-13 (서교동 463-32, 2층)
전화|02.322.3164~5 팩스|02.322.3166

어때
나 예뻐?

#
나의 삶을 산다는 건
너무 애쓰지 않아도 된다는 것

너무 착하려고
너무 좋은 사람 되려고
애쓰지 않기로 한다.

너무 칭찬받으려고
너무 누군가의 기대를 채우려고
힘쓰지 않기로 한다.

누군가의 기대 속의 내가 되려고
누군가의 칭찬에 꼭 맞는 사람이 되려고
누군가의 마음에 흡족한 사람이 되려고
고단해지지 않기로 한다.

결전의 날

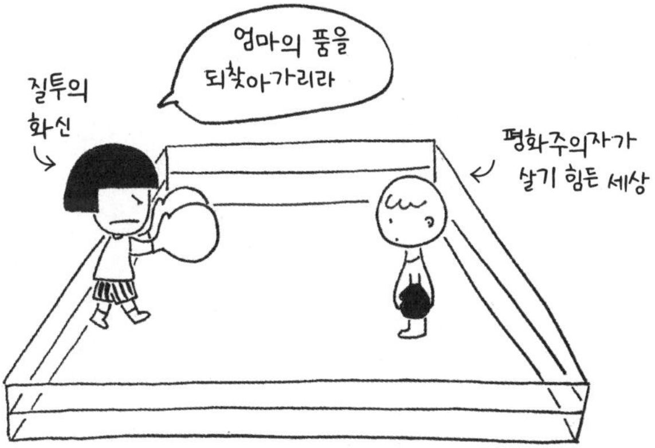
엄마의 품을
되찾아가리라
질투의
화신
평화주의자가
살기 힘든 세상

뻔히 질 경기에 도전하는 건
어떤 마음일까?

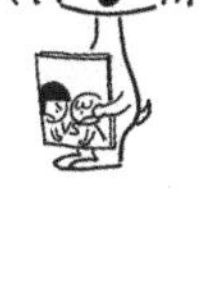

1라운드

쪽
쪽

쪽쪽거리는 입술

VS

뽀
뽀
금
지

인색한 뽀뽀

2라운드

아장
아장
뽀옥
뽀옥

아장아장 뒤뚱뒤뚱 걸음걸이

V.S

쿵
쿵

쿵쿵거리는 걸음걸이

3라운드

VS

심지어 궁둥이랑
발가락까지
사랑스럽지 않은
구석이 없는 존재

함부로 발사하는
궁둥이

귀여움이 휘발되고
미움이 장착되기 시작한 나이

귀여워지고 싶나?
우선 엉덩이를
뒤로 빼고
귀여움으로
원래 내 자리를 되찾을 거야
엉덩이를 빼고
눈은 크게
입술은
삐죽
눈을 크게
입을 삐죽 내밀고
하지 마
요렇게?

그래, 인정
귀여움으론
이길 수 없다
귀여움 탈피
모자란 귀여움의
비율

완벽한 3등신
우쭈쭈쭈
우리 강쥐!

안아줘
나두 안아줘
버둥
진상
버둥
진상
필살기 방출 : 난리블루스

아앙~

'응징'
때찌
때찌

#
내 삶을 사랑한다는 건
탓하지 않는 것

살아오는 시간 동안 여러 가지 우연과 한계 속에서
무언가를 선택하며 살아왔다.
때로는 타인의 시선과 권위에 의지해서.

어떤 학교가 좋다더라, 어떤 전공이 좋다더라,
어떤 직업이 좋다더라, 어떤 배우자가 좋다더라,
어떤 집이 좋다더라 할 때의 그 '좋다더라' 안에 있는
우선 순위의 가치가 정말 나라는 사람에게도 맞는 것인지
생각해볼 틈도 없이 살아왔다.
사람은 다른 사람이 욕망하는 것을 욕망하는 존재니까.

아야
쿵
때찌때찌
'징계'

다른 사람들이 욕망하는 것을
좇아 달려가서 획득한 사람은 행복할까?
그 욕망을 좇지 못하고 넘어진 사람은
분해하고 원망하며 좌절하고
투덜대며 살아가고 있을까?

우연이든 떠밀렸든 눈치봤든 우물쭈물했든
내가 선택해온 삶이다.

내 탓이든 남 탓이든
탓하기 시작하면
인생은 구구절절해지고
인생의 문장들은 지루해진다.

때로 누구의 잘못도 아니지만
좋지 않은 일이 생기기도 하고
사랑이 깨지기도 하며
어려움이 닥치기도 한다.

누구의 잘못이어서가 아니라
그렇게 되기도 할 뿐이다.

탓하고 원망하고 투덜대서
마음이 조금 나아진다면
그렇게라도 하면 된다.
그렇게라도 하고 다시 내 몫의 삶을 살아가면 된다.
내 인생을 송두리째 '탓'과 '원망'으로 소진하지 않고.

\#

나를 돌본다는 건
선 긋기를 다시 시작해보는 것

어른이 되어 찾아갔던
드로잉 수업의 첫 시간은 선 긋기였다.

팔에 힘을 빼고
커다란 스케치북에 수십 개의 선을 그어본다.
연필로 종이에 선을 긋는 일이 이토록 막막했던가.

자신 없이 희미하게 긋거나
하얀 종이가 두려워 주저주저하며
짧은 선을 여러 개 긋는다.

나는
조금씩
지워지고
있는 걸까?

엄마니까
엄마가
된 후
조금씩
희미해
지는 것
같은 나
엄마라서
엄마 말고
엄마 아닌
나의 삶도
분명 있었는데
자꾸 지워지고
있는 거 같아

가끔 희미해지는 삶의 시간

그어놓은 선 안에는 마음이 보인다.
두려워하거나 주저하거나 경직된 마음.

지금 내가 긋고 있는 선들은 어떤 선들일까?

사는 게 희미해지고
내가 희미해지는 시간이 있다.

선명한 내 삶에 선들이 있었던 거 같은데,
지우개로 지운 듯
희미하게 흔적만 남아 있는 시간.

나를 돌본다는 건
힘을 빼고 다시 선 긋기부터 시작해보는 일이다.

희미해진 내 삶의 선들을
다시 두려움없이 그어보는 것.

나의 별을
정성스럽게 가꿔야 해

#

마음의 목소리를 듣는다는 건
말과 말 사이에 귀를 기울인다는 것

늘 괜찮다고 했는데,
늘 잘 지낸다고 했는데,
늘 별 일 없다고 했는데,

괜찮지 않았고,
잘 지내지 않았고,
별 일 있었다.

익숙한 듯 웃었고,
익숙한 듯 떠들었고,
익숙한 듯 아무렇지 않아 보였다.

무거운 마음을 아무에게도 말할 수 없어서
힘겨운 마음을 어디에도 털어놓을 수 없어서
자기 스스로도 별일 아니야, 별일 아니지, 하고 말하며
자신의 아픔도 모른 척 지내다가
어느 날, 견디지 못하고 무너진다.

가끔, 아니 자주 사람들은 말한다.
"그 친구가 그렇게 힘든 줄 몰랐어."
"어제도 멀쩡히 회사에서 같이 밥 먹었는데."
"좀 힘들다고는 했지만 그렇게 일이 괴로운 줄은
생각도 못했어."

아무렇지 않아 보이던 동료가,
가깝다고 생각했던 친구가 지독히 아팠고,
지독히도 외로웠음을 알아차리지 못했음을
안타까워하고 자책하는 말들을 듣는다.
어쩌면 그의 말에 귀 기울였으면
눈치챘을 수 있는 마음들이었는지 모른다.
갑자기 전화한 것도, 부쩍 말수가 줄어든 것도,
목소리에 깊은 절망감이 스며 있는 것도.

아무렇지 않아 보이는 얼굴
아무렇지 않아 보이는 표정이라고
아무렇지 않은 마음은 아니다.

아무렇지 않아 보이는 마음 밑바닥에 억울함과 화,
절망감이 무겁게 가라앉아 있을 수도 있다.

말에 귀 기울이면,
마음이 보이기도 한다.
얼굴과 표정에는 숨길 수 있던 것들을
말과 말 사이에 귀 기울이면
들을 수도 있다.

서 있기도 힘든 시간들

다섯。

사랑은
이름을 소중히 불러주는 것

별거 아닌 나를
사랑해주는 사람이 있다는 건 놀라운 일.
놀랍고 신기한 일들이 가득해서
세상의 모든 날들은 빛을 발한다.

#

사랑은 자기를 잃어버리지 않는 것

어린왕자가 여행한
일곱 개의 별에는 이상한 어른들이 살고 있다.

첫 번째 별에는
모든 존재를 자기 신하로 삼고 싶어 하는 권력자가 살고 있다.
두 번째 별에는 자신을 칭찬하고 찬미하는 말 외에는
들을 줄 모르는 허영심 많은 사람이 살고 있으며,
세 번째 별에는 부끄러운 것을 잊으려고
술을 마시고 또 마시는 술꾼이 살고 있다.
결국엔 무엇이 부끄러운 것인지도 잊고
그저 술을 마시는 게 부끄러워진 술꾼.
네 번째 별에는 오억 백육십이만 이천칠백서른 한 개의
별을 소유한 사업가가 온종일
자신이 소유한 별의 개수를 세며 살고 있고,
다섯 번째 별에는 일 초도 쉬지 못한 채 가로등을 켜는 사람이
자신의 직업을 끔찍해하며 살고 있다.
여섯 번째 별에는 너무나 중요한 일을 하고 있어서
책상 밖으로 한 발자국도 나가보지 않는 지리학자가 살고 있다.
이 모든 이상한 어른들은 자기들이 바오밥나무처럼
거대하다고 생각한다.

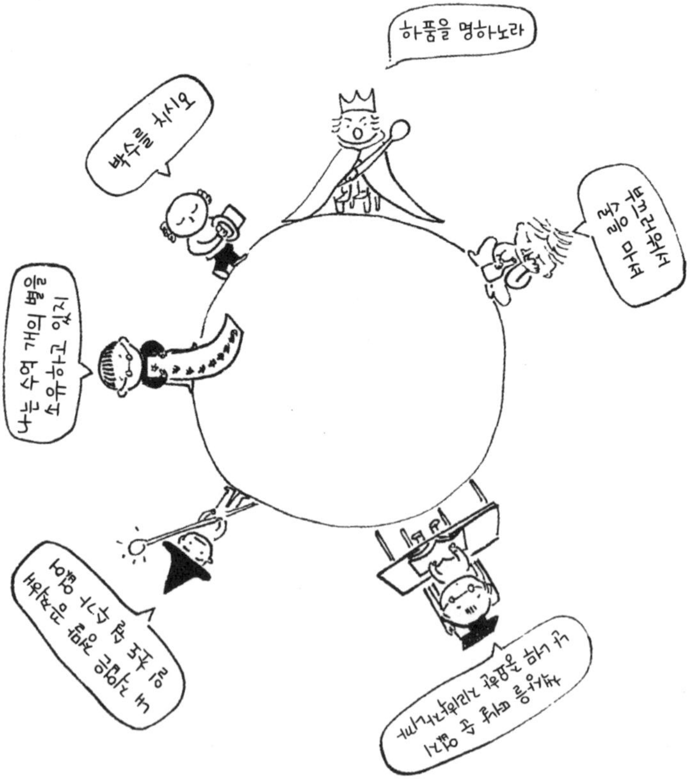
하품을 명하노라
박수를 치시오
나는 수억 개의 별을 소유하고 있지
부끄러워서 술을 마셔
책상을 떠날 순 없지 난 너무 중요한 지리학자니까
내 직업은 정말 끔찍해 일 초도 쉴 수가 없어

거대하다고는 생각하지만 들여다보면
정작 자기를 좋아하는 사람은 없다.
자기와 사이좋게 지내는 법을 몰라 권력 속에서,
허영 속에서, 부끄러움 속에서,
소유 속에서, 지긋지긋함 속에서
자기를 잃은 채 살아가고 있을 뿐이다.
자기를 사랑하는 대신 사람들의 박수에 의지해,
소유한 별에 의지해, 술에 의지해, 일에 의지해 살아간다.
그것 없이는 견딜 수 없기에
모두가 술중독자와 같은 중독자들이다.
그냥 보통의 나는 너무 시시해서,
그냥 보통의 내 삶은 너무 밋밋해서
중요해 보이고, 대단해 보이는 일에 빠져들지 않고는,
나를 잊어버리는 술과 일에 매여 있지 않고는
견디기가 어렵다.
나를 잊어야, 잃어버려야 살아지는 이상한 어른의 시간들….

#
사랑한다는 건
그냥 보통의 네가 좋다는 것

가르쳐주지 않았는데 눈, 코, 입 다 알아
영재 아냐?
정말?

이두박근? 승모근? 복숭아뼈? 손금? 뭐야? 몰라?

같이
밥을 먹고
길을 걷고
노래를 듣고,
버스를 기다리고….

그냥 보통의 시간들
그냥 보통의 순간들.

이건 너무 평범한데, 싶은 보통의 순간들이
눈물 나게 좋아지는 것.
별나지도 않은 보통의 네가
별나게 좋아지는 것.

빛나는 보통
영재 아니고
보통!
그 힘든 보통을
너는 잘도 해내네

#

사랑은 사랑이라는 이름으로
누군가의 희생을 강요하지 않는 것

\#

사랑은
내가 길들인 것에 대해 책임감을 갖는 것

"너는 네가 길들인 것에 책임이 있어.
너는 네 장미꽃에 책임이 있어."

-《어린왕자》 중에서

심심하지?
내가 놀아줄게
심심하니까
책 보는 거지?
내가 놀아줄 거야

아빠는 내가 책임질게

내 소중한 아빠니까

재밌지?
나의
심심함을
함부로
채워넣지 마
나 심심하고 싶어
엄청 심심하고 싶다고!

야 야
이리와봐
야!
이리 와보라고!

#

사랑은
이름을 알아가는 것, 이름을 소중히 불러주는 것

살아가면서 많은 이름을 알아간다.
어떤 이름들은 금세 잊히고, 어떤 이름들은
시간이 지나도 오래 새겨져 있다.
내 이름은 누구에게 어떻게 기억되고 있을까.

건축가 승효상은
'이름을 갖는 것은 그로 인한 세계를 갖는 것'이라고 말했다.
'그 이름이 존재하거나 기억되는 한 그 세계는 불멸이라는 것.
그래서 이름은 존재의 가장 중요한 방식'이라고.

이름
부를걸
그러게
내가
잘못했네
왜
'야'라고
불러?
그럴 거면
이름을 왜
지었어?

"아, 이름이 뭐라고 했더라."
나라는 존재의 가장 중요한 방식인 이름을 자꾸 까먹는 사람은
왠지 나라는 존재를 작게 대하는 것 같아 마음이 상한다.
이 사람에게 나는 별로 중요한 사람이 아니구나, 하는 생각.

"오늘은 11일이니까 11번."
늘 번호로만 부르던 선생님과 달리
반 아이들의 이름을 외워 불러주던 고등학교 사회 선생님.
그 많은 아이들 이름을 다 외울 정도로
암기력이 비상한 것인지 아니면 그 이름을 외우기 위해
시간과 정성을 쏟았던 것인지 알 수는 없다.
다만, 우수한 몇몇 아이들만이 아니라 평범한 내 이름까지도
다 기억하여 불러준 것이 조금은 감격스럽기도 했다.
그저 이름을 불러준 것이.

야, 이걸 기획안이라고 낸 거야?
야, 일 이렇게 할 거야?

나도
너처럼 말할걸
이름 부르라고
당당히 말할걸

내 이름을 불러본다.
내게 소중한 사람들의 이름도 하나씩 불러본다.
그냥 '엄마'라고 불렀던 한 사람의 이름,
그냥 '아빠'라고 불렀던 한 사람의 이름,
그냥 '대리 님'이라고 불렀던 회사 동료의 이름,
그리고 그냥 이름 없이 '경비아저씨'나 '아줌마'라고
불렀던 사람들의 이름도 궁금해진다.

누군가의 이름 안에는 누군가를 사랑하는 사람들이
빌었을 소망과 기쁨과 안녕이 담겨 있을 것이다.
그 이름을 짓기 위해 사랑하는 사람들이 머리를 맞대고
고르고 골랐을 글자와 그 안에 담았을 소망과 기쁨.

누구든 상대의 이름을 부르는 순간,
나는 그 사람과 이어진다.

나를 나이게 하는 이름,
누군가를 그 누군가이게 하는 이름,
그 이름을 정성스럽게 불러본다.

#
사랑한다는 건
서로를 향한 다정한 마음이 꺼지지 않게 돌봐주는 것

바짝 말라버렸다.
곁에 있는 그 누군가에게
다정한 시선으로 "요즘 어때?"라고 물어볼
마음의 물기조차 남아 있지 않을 만큼.

잠깐 다정한 시선을 건넬 시간이,
그 네 글자를 물어볼 시간이 없어서가 아니고
그 네 글자를 넣고 다닐 마음의 호주머니가
구멍 나버렸다.

타인을 향한 다정한 시선과 다정한 안부의 말조차
아끼게 된 마음의 인색함은
윤동주 시인의 시 〈병원〉의 문장처럼
삶의 '지나친 피로, 지나친 시련' 때문인지도 모른다.

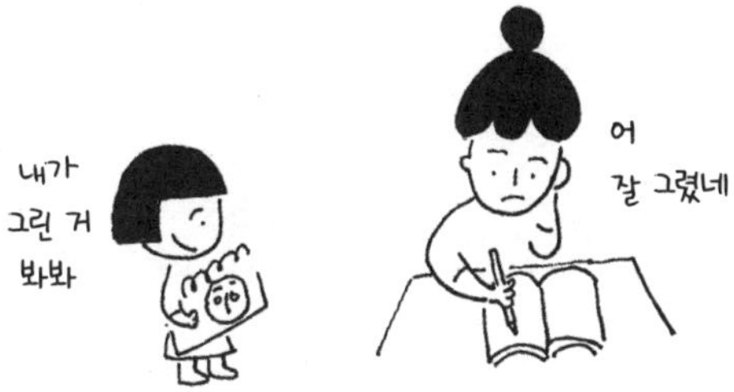
내가
그린 거
봐봐
어
잘 그렸네

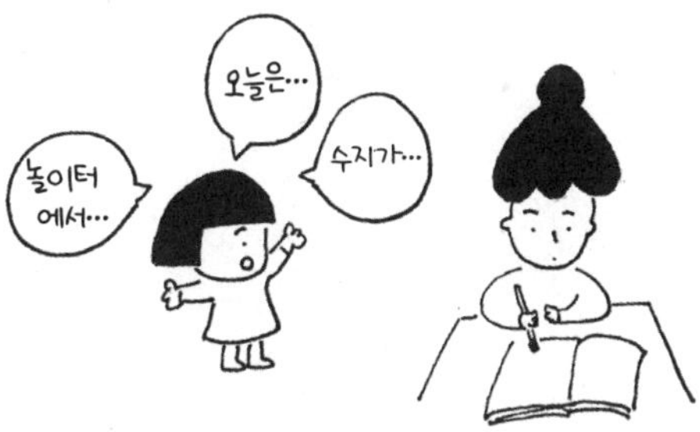
오늘은…
놀이터 에서…
수지가…

엄마가 달라졌다

엄마
나 안 사랑해?
그게
무슨 말이야

나 보지도 않고
내 말 듣지도 않고
나 안 사랑해
사랑하지 엄청 사랑하지
바빠서 그랬어
절절

따뜻하다는 건
누군가 나의 하루에 말 걸어주는 것

지나친 피로와 지나친 시련은 사람의 눈동자 대신
모니터의 반짝임을 바라보게 하고,
스마트폰의 빛에 눈을 맞추게 한다.
그럴수록 눈동자는 메마르고,
마음의 습기도 바싹 말라버린다.

나를 돌본다는 건 나의 눈동자를 돌보는 일,
텅 빈 눈동자와 말라버린 눈동자를 돌보는 일,
다시 타인을 향해, 무엇보다 나를 향해
다정한 시선을 보내는 법을
다시 연습하는 일이기도 하다.

이제
아끼지 않을게
그래
아끼면
똥 돼
더 자주
말해줄걸
더 자주
고백할게
아끼지 말고
사랑한다고

* 아끼면 똥 돼 : 아빠가 가르쳐준 고급 문장

#

사랑한다는 건 더 자세히 들어주는 것

더 귀 기울여주고
더 바라봐주고
더 안아주고
더 손잡아주고
더 사랑하는 것.

더.

사랑, 그 놈

엄마 엄마
엄마 놀이터에서
엄마 오늘,
엄마 준이가
엄마 나 말야

사랑해, 내 영혼이 탈탈 털리도록

엄마 좋아
그건 놀이터 얘기
유치원 얘긴 잘 때 해줄게
어? 여태 한 얘긴 뭔데
자기 인생 최대의 스포일러

#

사랑은
때때로 우연과 우연이 만들어내는 것

아무것도 아닌 시간은 없고,
아무것도 아닌 일은 없고,
아무것도 아닌 사람이 없는 것은
날마다 부딪치는 우연과 우연 속에
가장 귀한 것들이 숨어 있기 때문 아닐까.

천둥번개 치며 요란하게 피날레 울리며
운명의 사람이 나에게 걸어오는 것이 아니라
햇빛처럼 바람처럼
내 삶에 귀한 사람들이 스쳐가고 있는 것은 아닐까.

언제 어디서 찾아올지 모르는
우연을 홀대하지 않는다면
하찮은 시간도 하찮은 관계도
하찮은 일도 홀대하지 않는다면,
더 풍성하게 우연과 우연이 만들어내는
멋진 삶의 풍경들을 만날 수 있다.

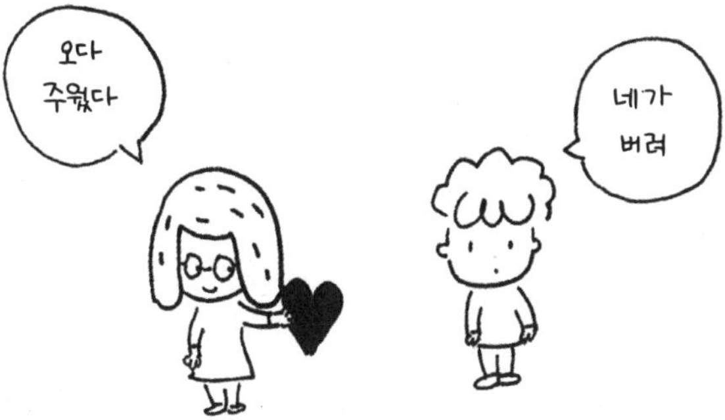
오다
주웠다
네가
버려

서툴고 서툰 시간을 살아간다

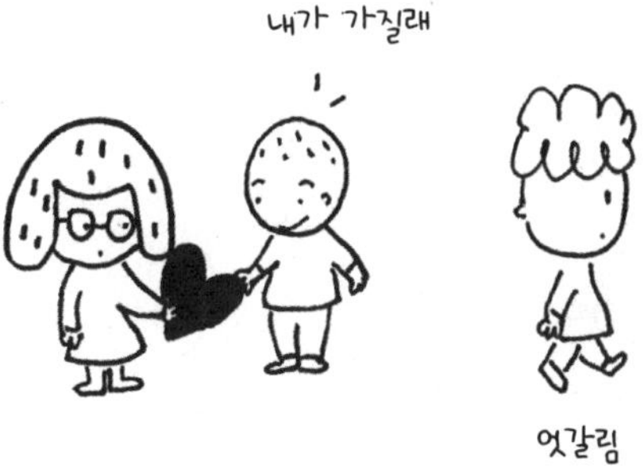
내가 가질래
엇갈림

#
사랑은
누군가 내 말을 가볍지 않게 들어주는 것

어른들은 다 기억이 안 난대
아아악 무서워
약속은 깨라고 있는 거래 우리 엄마가
그거 아픈 거야 우리 할아버지 기억이 안 나서 병원에 가계셔
아빠가 사 주기로 해놓고 기억이 안 난대

"아, 오늘이었나?"
아무렇지 않게 나와 했던 약속을 잊고
"왜 그런 얘기 나한테 안 했어. 내가 알았으면 도와줬을 텐데."
몇 번씩이나 한 얘기를 처음 듣는 듯 말하고
"뭘 그런 걸 그렇게 심각하게 생각하냐. 됐어.
그건 아무것도 아니야."
나의 고민을 아무렇지 않은 것으로 만든다.

"라떼 마시죠? 따뜻한 거. 늘 그거 먹는 거 같던데"라든가.
"전에 이 영화 정말 좋아한다고 하지 않았어?
오늘 집에 가서 봐야겠다."
나와 특별히 친한 사이도 아닌데,
아무렇지 않게 내가 스치며 했던 말들,
무심코 하는 행동들을 눈여겨보고,
귀담아 들어주는 사람이 있을 때면
그 사람을 다시 보게 된다. 그 사람의 마음을 다시 보게 된다.

타인의 말을 가볍게 듣는 세상에서
나의 작은 소리도 가볍지 않게 들어주는 사람이 있다는 건,
그것만으로도 한없이 따뜻해지는 일.

누군가 내 긴 고민과 상처를 가만히 들어주면,
이야기가 끝났을 때, 나는 그것 만으로 치유받는 느낌이다.
내 이야기를 싹뚝 잘라내지 않고,
"그게 뭐라고 그렇게 힘들어해"라며
내 고민을 가볍게 만들지 않고
"나라면"으로 시작하는 조언으로
고민의 해결사로 성급히 나서지 않는 것만으로도,
가만히 내 말을 들어주는 것만으로도 모든 것이 괜찮아진다.

누군가 들어주는 것만으로
내가 받아들여지는 푸근함을 느껴서인지도 모른다.
누군가 내 말을 가볍지 않게 들어주는 것만으로
내 존재가 참을 수 없이 가볍게
느껴지지 않아서 인지도 모른다.

난 그런 적 없는데
오늘
장난감 사주기로
했잖아
내가?
바빠서
이만

#
사랑은
당신이 자랑스럽다고 말해주는 것

"당신이 최고예요."
"당신이 자랑스러워요."

누군가에게 건네기엔 어색하고
인색해지는 말이 있다.

다른 사람에게 절대 해주지 않으리라 다짐하듯
입술을 굳게 닫고는 넉넉히 해주지 못하는 말.

비행기도
만들 줄 알아
와
와, 아빠
배도 잘
만드네

나, 잘했쪄염?
아빠
최고
최고

참! 잘했어요

온몸이 간질거려서
도저히 눈 마주보고는 건넬 수 없다면
오다 주운 것처럼 툭 던지고 가면 된다.
예쁘게 선물 포장하고
리본까지 달아주지는 못하더라도
종이봉투에 넣어 툭 던지듯 주더라도
한마디 무심히 건네는 것.

오늘 멋졌습니다.
오늘 최고였어요.
오늘 정말 고마웠어요.

쓰담
쓰담
혼자서도 잘하는
어른

#

사랑은
아름다움을 발견해주는 것

예쁜 구석도 없는 나를 보고
자꾸 예쁘다 하고
잘하는 것도 없는데
자꾸 잘한다 해주고
고마울 것도 없는데
자꾸 고맙다 하고
사랑스러울 것도 없는데
자꾸 사랑한다 해준다.

흐흐흐흐
아빠는 너무 너무 예뻐
어디가 그렇게 예뻐?
살면서 처음 들어본 말에 흥분

생각지 못한 기습질문
대략 어려움
어디? 어디가 예뻐?
기대 만발

구석구석 내 안에서 예쁜 구석을, 잘난 구석을, 고마운 구석을,
사랑스러운 구석을 찾아 빛나게 해주는 사람.
사랑은 그렇게 감자 넝쿨 캐듯 내 안에서 예쁜 것들을 캐준다.

누군가의 아름다움을 발견해주는 것.
다른 사람의 아름다움을 이뤄주는 것.
그런 사람이 된다는 건, 꽤 괜찮은 일.
그런 사랑을 한다는 건, 꽤 근사한 일.

보통
눈, 코, 입 중에
말하던데...
요기(이마)
미처 몰랐어
나의 예쁨이
그런데 숨겨져
있는 줄
요기(광대)
요기(턱)
요기(목젖)

#

사랑은
따뜻하게 눈 맞추는 것

자꾸 눈길이 가고
자꾸 눈에 밟히며
자꾸 눈에 아른거린다.

사랑은 그렇게 눈으로 흘러들어 가서
마음에 고인다.

따뜻하게 눈 맞추는 것만으로도
마음은 사랑의 말들을 전해줄 수 있다.

따듯한 눈 맞춤만으로도
사랑의 언어를 전할 수 있고
차가운 눈 맞춤만으로도
사랑의 상실을 통보할 수 있다.

시선의 온도만으로도
우리는 마음의 언어를 헤아릴 수 있다.

사랑은 따뜻한 눈 맞춤

끝까지 널 지켜볼게
부릅
부릅
부릅
깜빡이면 딱밤!

#

소중한 것은
마음으로만 볼 수 있는 것

소중한 것들은
마음으로만 볼 수 있다.

중요한 것들은 눈에 보이지 않기에
그 보이지 않는 것들을 보기 위해서는
마음의 시력이 필요하다.

뭐냐
그건 또

마음을 볼 수 있는
랜턴이야
마음 투시 중

...
흥
췟
하트가
몇 개 없네
나 안 사랑하는구나?

마음으로 보아야 눈동자에 숨겨진 불안을 볼 수 있고
마음으로 보아야 침묵 속에 숨겨진 말들을 헤아려볼 수 있다.

딸랑딸랑
안 봐도 척!
하트가 많네
불공평한 심사

잘 봐 하트 득실득실 하지
어디 보자
하트가 잘 안 보이네

내일 또 검사할 거야

하트 잘 챙겨

여름이다

#
사랑은
너와 함께여서 모든 것이 좋은 것

비가 와서 좋았다.
눈이 와서 좋았다.
바람이 불어 좋았다.
땡볕이 나서 좋았다.
엄동설한이 찾아와서 좋았다.

너와 함께 한
모든 날이 좋았다.

산다는 건 상처투성이일지 모르지만,
산다는 건 먼지투성이일지 모르지만,
네가 있어서
나는 좋다.

#

사랑한다는 건
그 사람에게만은 최고가 되고 싶어지는 것

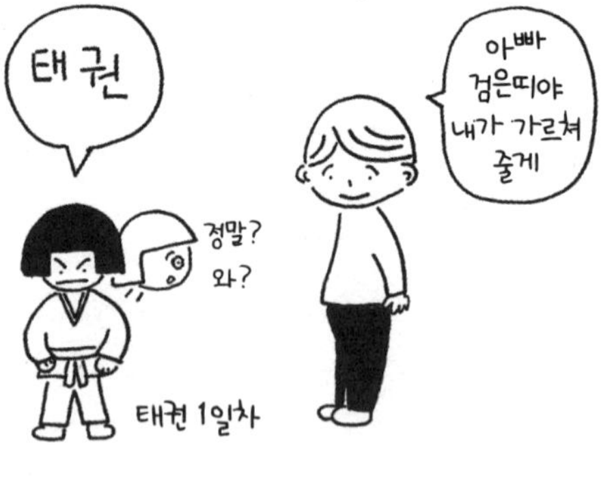
태권
아빠 검은띠야 내가 가르쳐 줄게
정말? 와?
태권 1일차

얼굴 막기
얼굴 다
맞을 거
같은데…
앞차기
그게?
허둥
허둥
뒤돌려 차기
휘청
아빠
검은띠
아니지?

여섯.

나의 보통

중간은 돼보려고, 평균치의 삶은 돼보려고
열심을 다하는 동안
정작 제대로 살아보지 못한
나의 보통의 순간들.

심심하고 시시하고 만만해서
별 것 아닌 것들로 보였던 것들.
나를 버티게 하고 삶을 견디게 하는
작고 하찮은 나의 보통의 것들.

\#

충만하다는 건
이보다 좋은 순간은 없는 마음

이번 생은 망했어, 라고
시원하게 말아먹은 생을 쿨하게 인정하는 듯하지만
실은 여전히 나는, 이따위 인생이지만 좀 행복하고 싶다.

내가 사랑하는 사람들이 안녕하기를,
행복하기를,
실은 나도 내가 그러하기를 바란다.

바라만 봐도 좋은 것
하나쯤 곁에 둔다는 것

예뻐서 눈물날 거 같다
자고 있어서 그런 거 아니라고
부인은 못하겠다만 예쁘다

바라만 봐도
마음 살랑거리는 것들
뭐 좋은 일 있어?
아, 아닙니다 회사에 좋은 일이 있을리가요 하하

사랑하는 사람들과 함께 밥을 먹는 것,
눈동자를 들여다보는 것, 서점에서 가서 책을 고르는 것,
좋아하는 사람의 목소리를 듣는 것,
같이 빨래를 널고 개는 것, 요리를 해 먹는 것,
배드민턴을 치는 것, 소리 내어 웃는 것,
속상한 일로 투닥거리고 다퉜다가도 먼저 사과를 하고,
다시 밤 산책에 나서는 것.

무엇을 위한 열심이었는지 알 수 없는, 그 허상의 열심 대신
나만의 보통을 정성스럽게 살아보고 싶다.
천천히 씹으면 단맛이 나는 밥처럼,
보통의 순간들이 주는 깊은 충만함을 찬찬히 맛보면서.

바라만 봐도
좋은 당신

#
좋아하는 삶을 산다는 건 때때로 욱신욱신한 것

현실의 무게는
때로 나의 잠을 가위눌리게 하지만
그 무게 위에 내가 사랑하는 것들의 무게가 더해져
견뎌내게 한다.
비록 욱신거리고 비록 어깨 결리지만.
고단한 일상을 견디게 하는 것들은
내가 좋아하는 사람들, 내가 좋아하는 일들,
내가 좋아하는 풍경들, 내가 좋아하는 순간들.

빨리 일어나
놀아줘 놀아줘
이것이
정녕
주말
아침이란
말인가

나를 짓누르는 괴로움
가위눌린 듯
불안하고 두려운 잠

홀가분한 잠을 잘 수만
있다면

#
행복은
몰입할 때 피어나는 것

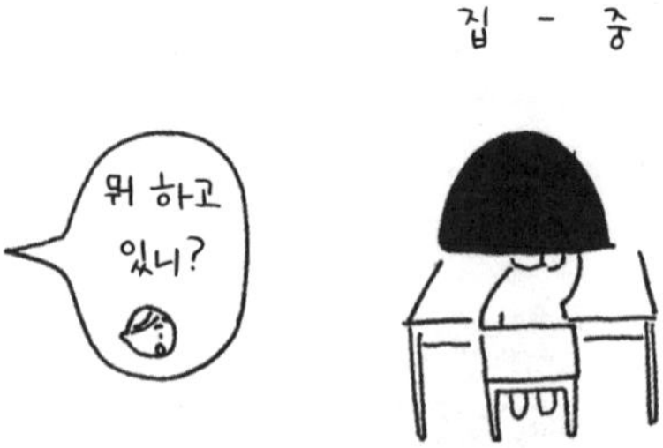
집 - 중
뭐 하고 있니?

골똘히 집중하면 뭔가 발견하게 돼

그냥 건성건성해서는 얻기 힘들어

집중하고 정성을 들여야 하지

골몰
후비적
후비적
아니야
아니야
하던 거 해

아주 작은 일도

몰두하지 않으면 성취할 수 없다

아니
아직
아니야
내가 이긴 거
같은데?

끝날 때까지 끝난 게 아니다

#
기쁘다는 건
나의 보통의 날들을 즐기면서 오래가는 것

즐기는 사람이 오래가고
오래가는 사람이 이긴다는데

꼭 이기는 사람이 되고 싶은 건 아니지만
즐기면서 오래오래 가고는 싶다.

즐길 수 있음 자체가 충분하고도 넘치는 보상이 되고,
즐기는 일을 오래 할 수 있음 자체가
더할 나위 없는 기쁨이 된다.

한 판 더
오키오키
질 텐데
뭘 또
그만 포기하시지
한 판 더
한 판 더
한 판 더
한
판
더
한 판 더

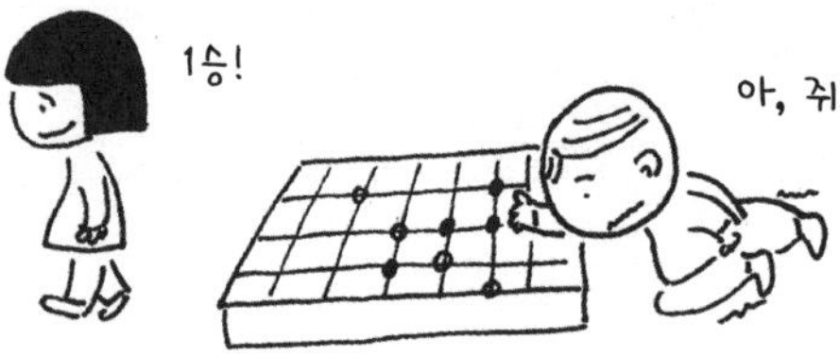
그만하자
좋은 경기였어
1승!
아, 쥐, 쥐
-99판째 승부

오래가는 녀석이 이긴다
질긴 녀석이 끝까지 간다

#
산다는 건
고백할 수 있고, 고배도 마실 수 있다는 것
무언가 해보고 실패해볼 수 있다는 것

선우
유치원
첫날부터
내가 딱
지켜봤어

오호,
고백했네?
선우한테
좋아한다고
말했어

담백하고
간결한 고백
담백하고
간결한 거절
나, 너
좋아
난
너 별로
0.1초만의 대답

고백의 현장

뭐?

감히 내 딸을 차? 이 자식
괜찮아 크면 나 좋아할걸
부글 부글
나한테 반지 주면서 결혼해줄래 할걸
많이 차여봐서 트라우마 심함
웬만해선 아무렇지 않은 인생

난
반댈세!
오늘
선우가
나 좋다고
하더라
의
연
오~
어우, 기집애
왜 그걸
이제 말해!
우리 딸
엄청 좋겠네
호들갑
호들갑

고백하고 1개월 뒤

#

삶의 재미는 반전을 즐긴다는 것

어제의 고배가
오늘의 축배가 되기도 한다.

반전이 숨어 있기에
고배에 한없이 슬퍼하지 않고
축배에 한없이 기뻐하지 않을 수 있다.
조금 더 의연한 자세로
삶의 희와 비, 애와 락을 대면할 수 있는 것은
삶은 어느 순간에
반전 국면으로 돌아설지 알 수 없다는 걸 알기 때문이다.

예측 불가능하며
반전이 숨어 있을 수 있다는 것을
기대할 수 있어서, 오늘도 또 살아지는 게 아닐까.

후반전 끝나는 그 몇 초까지 기대를 저버릴 수 없는 마음,
반전의 순간을 기대하는 마음.

반전이 오기 전까지의 두근거리고 설레는 마음이 없다면
삶은 끝나지 않는 연장전을 보고 있는
지루하고 싱거운 기분일 것이다.

반전의 순간을 기다리며
오늘은 오늘의 의연함으로 살아가는 것.

뚝심있게 사랑을 쟁취한 여자
감정의 롤러코스터를 타지 않고
한없는 꿋꿋한 사랑의 자세를 지녔던
이 어린이는 소년의 고백에도
무심히, 여느 날과 똑같이 밥을 먹고 놀았다

살짜쿵!
살금
살금

#

작고 확실한 행복의 기술은
일상의 순간들을 채집하는 것

옛날 사진 속에는 어제가 되어버린 오늘들이 채집되어 있다.
일상의 순간들이, 그 순간의 웃음과
그 순간의 찡그림과 그 순간의 시무룩함이,
그 순간의 울음과 그 순간의 설렘과
그 순간의 다정함이 채집되어 있다.

사진에 채집된 오래전 짧은 순간들은
사진을 보는 순간 조금씩 밀려온다.
뇌의 어느 지점에 저장된 순간들,
마음의 어느 구석에 접혀 있던 기억들.

사진이든 그리기든 글쓰기든, 무엇이 되었든
자기만의 방법으로 순간을 기록하면
순간의 부피와 깊이와 넓이를 더 오래, 더 깊이 맛볼 수 있다.

어느 날 숲길을 산책하며 새의 소리를 녹음했다.
산책 끝에 돌아와 녹음된 소리를 들으니
숲의 냄새가 나는 듯도 했고,
나무들이 눈앞에 가득 솟아오른 듯도 했다.
내 몸의 감각은 산책의 시간을 재생하고 있었다.

그 후로 가끔 좋아하는 것들의 소리를
녹음하기 시작했다.
어떤 날은 친구의 요란한 웃음소리를,
어떤 날은 놀이터 아이들의 소리를,
어떤 날은 책 읽는 소리를, 어떤 날은 바람 소리를.
소리를 녹음하기 시작하면
그동안 귀 기울이지 않았던 것들에 귀 기울이게 된다.
내 하루에 들어온 소리들은 어떤 것들이지?
내가 좋아하는 소리는 어떤 소리였더라.
이 소리는 누구의 소릴까?
새들이 이렇게 울었나? 아니 웃는 건가?

역시나 별 볼 일 없는 날이지만,
별 볼 일 없는 날을 즐거워할 또 하나의 이유가,
또 하나의 즐거움이 생겼다.
채집하는 순간, 밋밋한 순간은
또 다른 깊이와 넓이와 부피를 만나게 해준다.

소중한 것들은 가장 가까이 있는 것들이야

안 먹고
뭐 해?
엄마
먹을때까지
기다리는
거야

#
오늘은
때때로 기다려주지 않고 녹아내리는
아이스크림 같은 것

모쪼록,
아이스크림이 다 녹아내리기 전에
낼름
한 입 먹기를.
낼름 한 입
행복하기를.

오늘의 아이스크림이
청량한 블루베리 맛인지 쌉쌀한 말차 맛인지.
깊은 다크초콜릿 맛인지 농후한 치즈케이크 맛인지
눈물 찔끔 나는 고추냉이 맛인지는
알아야 억울하지 않지.

아껴
먹을 거야

기다려주지 않는 것들
미룰 수 없는 것들이 있다

#

빛나는 보통이란 숫자 속에 있지 않은 것들

반 평균 성적을 깎아 먹던 나는
커서는 평균 월급을 깎아 먹는 어른이 되었다.
온갖 열심을 다 끌어모아 살아봐도
늘 '평균의 삶'이라고 말하는 각종 수치는
'정녕 저것이 평균이란 말인가' 싶게 멀게만 느껴진다.

'평균의 자'가 밀리미터 단위로
내 삶을 측정하기 시작할 때면,
내 삶과 내 존재는 부족함 덩어리가 된다.
그 어려운 보통의 출근과
그 어려운 보통의 퇴근을 매일 해내며 살아도
다양한 수치와 통계와 평균으로
나의 부족함을 들춰낸다.
보통으로 산다는 건
보통이 아니라는 걸
'아는' 어른이 되었다.

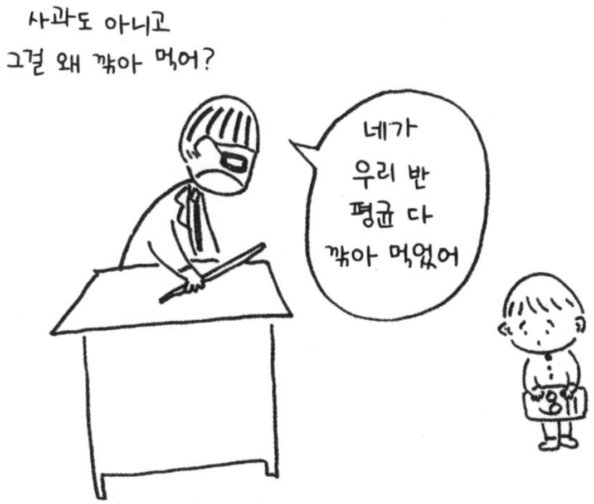
사과도 아니고
그걸 왜 깎아 먹어?
네가 우리 반 평균 다 깎아 먹었어

반 평균 점수를 깎아 먹던
어린이였던 나는

숫자를 좋아하는 어른의 세상에서
보통의 삶은 숫자로 증명해 보여야 한다.
그래야 어른들은 '보통은 하는구나' 하고 인정한다.

나의 삶을 수치로 환산하지 않는 한 사람,
나의 어린왕자만이
나에게 충분하다, 멋지다 말해준다.

사과껍질을 깎고 있는 나에게
"오~ 잘 깎는다, 최고 최고" 칭찬하고
종이비행기를 접는 나에게
"와~ 대단해, 멋지다"라고 말해준다.

늘 "부족하다"고 말하는 세상의 언어에 익숙해진 내게
아낌없이 대단하고 멋지다고 말하는 아이.
몰랐다. 나의 보통이 그렇게 멋진 줄. 그렇게 대단한 줄.

몰랐던 나의 보통을 살아볼까 한다. 나의 어린왕자처럼.
오늘의 보통을 살아가는 법을 배워가려 한다.

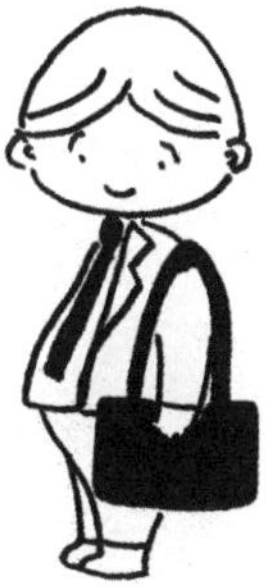
평균
이하의
월급
평균 이상의
해맑음

직장인 평균 월급을 깎아 먹는
어른이 되었습니다

#

안녕하다는 건
홀가분한 잠을 자는 것

타 닥
타닥
퍽

홀가분한 잠

평안하고 안녕한 잠 자요

오늘의 걱정과 오늘의 울분과 오늘의 슬픔.

오늘의 치욕과 오늘의 우울.

오늘 당신을 괴롭게 한 모든 것을 잊고

당신의 잠만은

평안했으면 좋겠습니다.

당신의 잠은 홀가분했으면 좋겠습니다.

에필로그

깔깔대는 웃음소리를
이제 다시는 들을 수 없다는 것을 깨닫고
나는 견딜 수가 없었다.
어린왕자의 웃음이 나에겐 사막의 우물이었다.

-《어린왕자》 중에서

아무렇지 않은 일요일 오후,
아무렇지 않게 쏟아지는 햇볕,
아무렇지 않게 부는 바람,
아무렇지 않게 깔깔 거리는 웃음,
아무렇지 않은 이 시간들이
아마 많이
그리울 거다.
거실 마루에서 뒹굴거리고,
손톱을 깎아주고,
머리를 묶어주고,
따뜻한 햇볕을 쬐고, 밤 산책을 하고….

눈을 감으면 눈앞에 가득한 순간들은
그렇게 아무렇지도 않은 별 볼 일 없는 순간들뿐이다.

평균의 삶은 못될지라도,
보통도 되지 못한 삶일지라도
나의 아무렇지 않은 날들을
흠뻑 살아볼까 한다.

흠뻑 놀고, 흠뻑 화내고, 흠뻑 고함치고,
흠뻑 깔깔대고, 흠뻑 울고, 흠뻑 넘어지고
흠뻑 감탄하고, 흠뻑 뒹굴뒹굴하고, 흠뻑 떠들다
흠뻑 잠이 드는 하루.

비록, 평범한 인생이지만

나도 나도~
나도 태워줘~
영혼을 바쳐
두 여자를 사랑했으니

갓 구운 빵처럼 김이 모락모락한 시간을
냠냠 맛있게도 먹어 치우고는
두 팔 만세 하고
단잠을 자는 아이처럼 그렇게 흠뻑,
기어코 나의 삶을 살아가는 것.

내 인생은
헉
성공한 인생입니다

- 영화 〈노트북〉 중에서

나는 내가 좋아